CHRISTOPH PETERS

HERR YAMASHIRO BEVORZUGT KARTOFFELN

CHRISTOPH PETERS

HERR YAMASHIRO BEVORZUGT KARTOFFELN

ROMAN

Luchterhand

Verlagsgruppe Random House FSC® N001967
Das für dieses Buch verwendete FSC®-zertifizierte Papier
Munken Premium Cream liefert Arctic Paper Munkedals, Schweden.

4. Auflage
Copyright © 2014 Luchterhand Literaturverlag, München,
in der Verlagsgruppe Random House GmbH
Satz: Uhl + Massopust, Aalen
Druck und Einband: GGP Media GmbH, Pößneck
Umschlaggestaltung: buxdesign, München
Umschlagfoto: © Dave Wall/Arcangel Images;
Plainpicture/Thomas Grimm
Printed in Germany
ISBN 978-3-630-87411-1

www.luchterhand-literaturverlag.de

Für Jan Kollwitz in Freundschaft

*Aus dem unbewegten Punkt im Zentrum
der kreisenden Welten wird unter den Händen
des Meisters die Leere zur Form.*

Erwin Hesekiel,
»Zen-Wege durchs Feuer«

1.

Einmal kam ein japanischer Meister nach Deutschland, um einen Auftrag auszuführen, von dem er gleichsam nichts wußte.

Beginnen wir mit der Landschaft: zur Küste hin flach, waagerechte Horizonte, unterbrochen von einzelnen Feldeichen, Dornenhecken; hier und da ein Herrenhaus, alleinstehende Höfe, klinkergemauert, halbrunde Scheunentore. Früher waren die Dächer mit Reet oder Ziegeln gedeckt, jetzt finden sich vermehrt Wellblech, Teerpappe. Unter Wolken in steter Bewegung erstrecken sich Wiesen, Ackerflächen, durchschnitten von einem Netz Entwässerungsgräben. Es gedeihen Getreide, Rüben, Futtermais. Dazwischen Pferde und schwarzbunte Rinder. Richtung Westen wellt sich das Land, Hügelkuppen, Findlinge, so daß man es *Schweiz* genannt hat.

Früheste Besiedlungsspuren seit dem Ende der letzten Eiszeit.

Entlang der Straße hinauf zur Insel Vrätgarn, umgeben von kleineren Stücken Wald, das Dorf Rensen, 740 Einwohner, Bäckerei, Postamt mit Schreibwarenverkauf, Sparkas-

senfiliale, das Gasthaus *Pit's Schollenkutter*, wo Herta Mölders ganzjährig Bier und Schnaps ausschenkt. Während der
Saison hat sie einen Rumänen in der Küche, der ihr Schnitzel und Fisch brät. Das Zentrum des Ortes bilden, umgeben
von Wassergräben, eichenbestandenen Wällen, die beträchtlichen Reste der Klosteranlage, Backsteingotik, errichtet um
1250 von Mönchen, die ihrer verkommenen Sitten wegen
aus der pulsierenden Hansestadt Lübeck in die nördlichen
Sümpfe geschickt worden waren. Die bischöfliche Mitgift in
Form bedeutender Reliquien sowie eine segensreiche Quelle
auf dem Klostergrund lockten Pilgerscharen, 1340 besaß die
Abtei neunzehn Dörfer, acht Mühlen, dazu Seen, Fischteiche
bis nach Mecklenburg, und betrieb einen eigenen Hafen mit
direktem Zugang zur Ostsee. Dann schwand der Glaube
an die Kraft der heiligen Dinge und mit ihm die Geschäfts-
grundlage der Mönche. Dem wirtschaftlichen Niedergang
folgte 1544 die Säkularisierung.

Auf der gegenüberliegenden Straßenseite ist der Bach
Lüchte zu einem See gestaut, ringsum meterhohes Schilf,
verschiedene Arten Enten und Gänse. Nachts, wenn die
Probe des Spielmannszugs in der neuen Feuerwache vorbei
ist, Rufe von Rohrdommeln, als würde jemand auf einem
Flaschenhals blasen. Abseits der Straße nicht eine Laterne,
kein beleuchtetes Fenster. Bei klarem Wetter erscheinen
Mond und Sterne ungewohnt hell.

Es haben sich Künstler hier niedergelassen: der Maler
Philipp Wendel, dessen spätexpressionistische Akte und
Landschaften bis hinunter ins Ruhrgebiet geschätzt wer-
den. Die heiter-besinnlichen Bronzefiguren des Bildhauers

Gerd Riemers zieren Marktplätze und Strandpromenaden der Gegend. Für den Hausgebrauch bietet er verkleinerte Ausführungen an, gelegentlich schafft er auch Mahnmale für Opfer des Nationalsozialismus. Seine Frau ist die Dichterin Herlind Flemming, deren hermetisch-sensible Lyrik bundesweit Beachtung findet. Daneben gibt es die Kunstschmiede Horbach und die Ostseegalerie, in der See- und Waldstücke für die weniger betuchte Kundschaft gehandelt werden. Alle verdienen zwischen April und Oktober genug Geld mit Badegästen, um über den Winter zu kommen.

Neben der neuen Feuerwache steht das Pfarrhaus, ein zweigeschossiger Backsteinbau im Stil der holsteinischen Gründerzeit. Den repräsentativen Vorgarten beherrschen sechs mächtige Kastanien. Es gibt Geschichten im Zusammenhang zweier Selbstmorde, die im Winter 52/53 dort begangen worden sind: Ein siebzehnjähriges, aus Pommerland vertriebenes Mädchen erhängte sich kurz nach Weihnachten auf dem Dachboden, zwei Wochen später erschoß sich ein sudetendeutscher Kriegsheimkehrer im Kaminzimmer. Seither fand das Haus keine Ruhe. Der letzte Pfarrer, Hermann Sörensen, starb 1979 nach zwei Jahrzehnten Schwermut an Leberzirrhose. Innerhalb der folgenden acht Jahre wechselten vier Mal die Mieter. Der Touristikunternehmer, der es dann kaufte, merkte bald, daß irgend etwas in dem Gebäude allen erfolgversprechenden Geschäftsideen im Weg stand.

So etwa.

Aber angefangen hat alles ganz anders.

An dem Abend, als Hermann Sörensen starb, saß – ohne daß irgendein Zusammenhang mit dem Tod des Pfarrers erkennbar gewesen wäre – weit nach Mitternacht und fast neuntausend Kilometer entfernt in der japanischen Stadt Seto der weltberühmte Töpfer Ito Hidetoshi in seiner Halle auf dem klapprigen Holzstuhl und besann all die Fragen, auf die er auch in seinem dreiundachtzigsten Jahr keine Antwort wußte. Nakata Seiji, von dem er beschlossen hatte, daß er der letzte Schüler seines Lebens sein sollte, warf Scheite in die Brennkammer des Anagama-Ofens. Im Licht der Glut aus dem Innern veränderten sich seine Gesichtszüge – mit einem Mal erschienen sie dem Meister sonderbar europäisch. Er zwirbelte seinen dichten grauen Bart und dachte an Deutschland, wo er nie gewesen war. Wiederum kamen ihm Zweifel, ob er es noch schaffen würde, in die Tat umzusetzen, was er vor inzwischen neunundvierzig Jahren, in einer sakeverhangenen Nacht, seinem Freund, dem Philosophen Erwin Hesekiel, versprochen hatte, nämlich das Wissen um die Herstellung des weißen Shino – der ausdrucksvollsten und zugleich heikelsten aller Glasuren der Momoyama-Zeit – nach Deutschland weiterzureichen.

»Wo sonst außerhalb Japans, wenn nicht in Deutschland«, hatte Hesekiel damals mit schwerer Zunge ausgerufen, »sollen sich Menschen finden, die in der Lage sind, das Geheimnis von Blut und Schnee zu begreifen?«

»Das Geheimnis besteht aus Feldspat und Reduktion«, hatte Ito Hidetoshi geknurrt. Nichtsdestoweniger war ihm der Gedanke an ein Shino aus dem Land Goethes und Eichendorffs auf einmal geradezu zwingend erschienen, so daß er sich nach einem weiteren Schluck Reiswein hoch aufgerichtet und mit der Feierlichkeit eines Eids erklärt hatte: »Es wird Shino in Deutschland gebrannt werden, darauf gebe ich dir mein Wort.«

Im Jahr darauf war Hesekiels Zeit als Dozent der Philosophie in Osaka zu Ende gegangen. Zusammen mit seiner Frau Grete hatte er Japan verlassen, um eine ordentliche Professur an der Universität Heidelberg zu übernehmen. In regelmäßigen Briefen unterrichtete er Ito Hidetoshi über den Stand seiner Bemühungen, einen Adepten, vor allem aber Geldgeber für die Errichtung des Ofens zu finden. 1938 versuchte er, anläßlich der Faust-Aufführung zum Auftakt der Reichsfestspiele in Heidelberg, Joseph Goebbels persönlich für die Idee zu gewinnen, doch die Reichskulturkammer zeigte sich nicht interessiert. Dann begann der Krieg, sechs Jahre später lagen Deutschland und Japan in Trümmern. Nach einem Jahrzehnt, das er mit Versuchen einer völkischen Geschichtsphilosophie vertan hatte, richtete Hesekiel sein Hauptaugenmerk nun wieder auf die Ausarbeitung einer neuen Ästhetik, deren Kernpunkt eine Ontologie des Prozesses, ausgehend von der Zen-Praxis in den japanischen Künsten, sein sollte. 1951 erschien seine Schrift »Zen-Wege durchs Feuer«, in der er insbesondere das keramische Schaffen Ito Hidetoshis betrachtete. Eigentlich war das schmale Bändchen lediglich als essayistischer Auftakt gedacht gewesen, doch gegen alle Erwartung und Wahrscheinlichkeit entwickelte es sich im Lauf der kommenden Jahrzehnte zum Welterfolg. Hesekiel starb allerdings im Frühjahr 1953, so daß Ruhm und Reichtum ihn nur flüchtig streiften. Seine Witwe, die schon die Sake-Gelage ihres Mannes in der Werkstatt Ito Hidetoshis mit Abscheu betrachtet hatte, wollte weder Geld noch Beziehungen für die Verwirklichung des Projekts bereitstellen, geschweige denn den Töpfer mitsamt seinem Ofenbaumeister in Deutschland beherbergen.

Ab Anfang der sechziger Jahre brachen – angeregt durch Hesekiels Buch – zahlreiche Keramiker aus dem Westen nach Japan auf und träumten von Unterweisung durch Ito Hidetoshi. Den meisten von ihnen war auf den ersten Blick anzusehen, daß ihnen jede Voraussetzung zur Schülerschaft fehlte. Kaum daß sie den kleinen Ausstellungsraum bei der Werkstatt betreten hatten, fingen sie an, all das, was ihnen auf dem langen Weg von Cincinnati oder Recklinghausen nach Seto durch den Kopf gegangen war, vor dem Meister auszubreiten, gerade so, als sollte er etwas von ihnen lernen und nicht umgekehrt. Wäre einer dabei gewesen, der es geschafft hätte, wenigstens fünf Minuten lang den Mund zu halten, wäre Ito Hidetoshi – seines Versprechens an Hesekiel eingedenk – vermutlich bereit gewesen, ihn als Schüler aufzunehmen. So aber blieb es bei einem halbherzigen Vorgespräch mit dem deutschen Töpfer Horst Welbers, der acht Jahre bei Shinkai Toho in Mashiko hinter sich gebracht hatte und nun nicht recht wußte, wie es mit seinem Leben weitergehen sollte. Obwohl Ito Hidetoshi Welbers nicht besonders mochte, hatte er angesichts der verrinnenden Zeit ernsthaft darüber nachgedacht, ihn in die Geheimnisse der Shino-Glasur einzuweihen und später den Bau eines Ofens in Deutschland mit ihm auf den Weg zu bringen. Dann erlitt Shinkai einen Schlaganfall, und für Welbers eröffnete sich die Möglichkeit, dessen Werkstatt erst stellvertretend und schließlich vollständig zu übernehmen. –

Im Verlauf dieser denkwürdigen Nacht des Jahres 1979, während Nakata Seiji einmal mehr die Rauchentwicklung über dem Schornstein prüfte, erreichte Pfarrer Sörensens Seele – zu schwer für den Himmel und zu leicht für die Hölle – mit einer starken Westdrift Seto. Es war drei Uhr vierundzwanzig, als ein heißkalter Hauch Ito Hidetoshi aus seinen Gedanken riß. Die Leuchtdioden des Temperaturfühlers sprangen nervös zwischen 1173 und 1174 Grad hin und her. Er faßte sich an die Stirn, ob womöglich ein Fieber im Anflug sei, konnte jedoch nichts feststellen.

»Nimm zwei mehr«, sagte er, stand auf, ging an den grobgezimmerten Tisch, goß Wasser aus der Thermosflasche in die Kanne, wartete einige Sekunden, ehe er den Tee ausschenkte, nahm seinen Becher mit beiden Händen und trank.

»Was denkst du über Deutschland?«

»Ich bin bis jetzt nicht dort gewesen.«

Er hatte eine etwas ausführlichere Antwort erhofft, aber ausführliche Antworten waren von einem Schüler mit Anstand nicht zu erwarten.

»Im Sommer soll es dort weniger regnen als hier, sagt man.«

»Das habe ich auch gehört.«

»… dafür aber deutlich kühler sein.«

Nakata Seiji streifte sich die baumwollenen Handschuhe über, öffnete die Ofenklappe, warf acht, neun, zehn, elf

Scheite nach, schloß die Klappe, trat zurück, wischte sich den Schweiß von der Stirn und sah den Meister fragend an.

»Deutschland hat auch eine alte Keramiktradition. Salzbrand vor allem. Rheinisches Steinzeug, Westerwald-Steinzeug… Im Osten gab es Bürgel-Steinzeug. Ich habe zwei Stücke in meinem Besitz, einen Krug und einen Teller. Sehr gute Stücke. Doch heutzutage liegt alles danieder.«

Nakata Seiji stieß ein Geräusch zwischen Zustimmung und Frage aus. Zweifellos erzählte der Meister diese Dinge weder zum Spaß noch aus Langeweile.

»Brauchbare Glasuren kennen sie überhaupt keine mehr.«

Diesmal war es ein Laut gedehnten Mitgefühls, den Nakata Seiji unmittelbar über dem Kehlkopf erzeugte, ehe er erneut die Ofenklappe öffnete. Noch in der Luft begannen die Scheite zu brennen.

»Siehst du: Es steigt.«

»Niemand kennt das Feuer besser als Sie, Meister.«

»Es gibt ein altes Versprechen, daß in Deutschland ein Anagama-Ofen gebaut wird.«

»Das wäre sicher ein großes Geschenk für die Menschen dort.«

»Jemand von ihnen soll unser Wissen über den Holzbrand erhalten und die Geheimnisse der Shino-Glasur übertragen bekommen.«

»Deutschland liegt sehr weit im Westen.«

»Das ist wahr.«

»Viele tausend Kilometer von Japan entfernt.«

»Sie brauchen einen Anstoß, damit ihre Keramik wiedererstarken kann.«

Nakata Seiji sah zum Ofen und wischte mit dem Fuß über den gestampften Lehm des Hallenbodens.

»Können Europäer unsere japanische Herangehensweise überhaupt begreifen?«

»Wir müssen einen Mann finden, der das Herz dazu hat.«

»Vielleicht sollten Sie mit einer deutschen Universität Kontakt aufnehmen. Jemand wie Sie, der mit Picasso und Miro getauscht...«

»Ach was! Universitäten interessieren sich nicht für solche Sachen... – Warum wirfst du nicht endlich nach?«

Nakata Seiji wurde rot. Er hatte zu lange gewartet, weil es ebenso respektlos gewesen wäre, den Meister zu unterbrechen wie ihn stehenzulassen.

»Der Ofen geht immer vor.«

»Entschuldigen Sie, ich war unaufmerksam...«

»Red' keinen Unsinn.«

Flammen züngelten über den Hifuki, schwarzer Rauch quoll aus den Ritzen, dahinter ein Wummern, als würde im Innern jemand eine gewaltige Arbeit verrichten.

»Alles hat mit der Keramik angefangen«, fuhr Ito Hidetoshi fort. »Die ganze Kultur. Auf dem Weg der Keramik haben die Menschen sich die Feuergeister zu Verbündeten gemacht. Nur in der Keramik wirken die vier Elemente harmonisch zusammen und nur dort findet sich bis heute die Einheit von Kunst, Wissenschaft und Technologie.«

Nakata Seiji nickte.

»Man muß sich die Keramik anschauen, wenn man etwas über den geistigen Stand eines Volkes erfahren will.

Die Deutschen haben gedacht, sie würden die Zukunft mit Panzern und Automobilen gewinnen. Das ist der eigentliche Grund, weshalb es uns gelungen ist, sie auf nahezu allen Gebieten zu überholen. Wenn du zurückschaust: Angefangen hat der Wiederaufstieg Japans mit der Keramik. Das andere kam danach.«

»Und Sie sind derjenige gewesen, der...«

»Darum geht es nicht.«

»Ohne Sie...«

»Vielleicht sterbe ich bald.«

Nakata Seiji wußte keine Erwiderung, die darauf angemessen gewesen wäre.

»Mein Tod ändert nichts an der Tatsache, daß ein Versprechen eingelöst werden muß.«

»Außer Ihnen ist niemand imstande, eine solche Übermittlung zu leisten.«

»Unsinn: Wenn ich nicht gesehen hätte, daß du es kannst, stündest du nicht hier.«

Nakata Seiji verbeugte sich noch tiefer als sonst und spürte, wie sich eine große Last auf seine Schultern legte. Er öffnete die Klappe und warf Holz nach, wiederum elf Scheite, während die Seele von Pfarrer Sörensen den Ozean erreichte und sich einer Gruppe Gänse auf dem Weg nach Norden anschloß.

Natürlich passieren nie Dinge auf diese Weise in der gewöhnlichen Welt.

Wie aber dann?

2.

»Ernst, kannst du vielleicht noch mal mit der Schubkarre von rechts kommen, ein bißchen zügiger.«

»Natürlich kann ich das. Aber die Schubkarre ist leer.«

»Das macht nichts. – Oder leg Schüppe und Harke rein, das sieht gut aus.«

»Wenn du meinst.«

»Martina: Ist der Ton ok?«

»Der Ton ist schlecht, viel zu viel Wind.«

»Und wenn einer das Mikro abschirmt? – Vielleicht kann Frau Nakata sich mit einem Reflektor…«

»Frau Nakata kann das auf gar keinen Fall.«

»Dann halt nicht. Aber Hiromitsu… Der ist doch gerade frei.«

»Hiromitsu-san geht Herrn Yamashiro zur Hand.«

»Verstehe. War wahrscheinlich sowieso eine Quatschidee. – Es sah halt aus, als wüßte er nicht, was er tun soll.«

»Herr Yamashiro muß jederzeit auf ihn zurückgreifen können.«

»Klar. Aber kannst du trotzdem noch mal von rechts kommen, weil – rein vom Optischen her gibt der Wind eine gute Atmosphäre. Regel das Rauschen halt so weit runter, daß es irgendwie geht.«

»Toll wird es nicht.«

»Wir legen nachher Interview-Töne drüber. Oder Musik. – Sind alle auf Position?«

»Einen Moment.«

Ernst Liesgang, der während des Gesprächs bereits zu seinem Ausgangspunkt in der Tür des früheren Stall- und künftigen Werkstattgebäudes zurückgekehrt war, ging hinein, kam mit Schüppe und Harke zurück, plazierte sie in der Karre.

»Ich wäre so weit.«

»Dann: Siebenundzwanzig, die zweite.«

Mit der Klappe hob er die Schubkarre an und setzte sich in Bewegung. Der Boden war uneben von den Ketten des Baggers, der das Gelände vergangenen Monat vorbereitet hatte. Die Gerätschaften rutschten von rechts nach links, rumpelten gegen das Blech, drohten herunterzufallen, so daß er versuchte, sie mit einer Hand festzuhalten, ausrutschte, stehenblieb.

»Halt! Stop!«, rief Thomas Gerber. »Wir müssen es noch einmal drehen.«

»Wäre es nicht besser, jetzt, wo es ansteht, Herrn Yamashiro beim Ausmessen des Ofenplatzes zu filmen, anstatt diese sinnlose Schubkarrenfahrt?«

Weil er seinen Namen gehört hatte, unterbrach Herr Yamashiro das Gespräch mit Nakata Seiji und schaute mit einem Ausdruck zwischen Erwartung und Tadel zu Ernst Liesgang herüber.

»Sicher. Eigentlich wäre es besser.«

»Ihr bräuchtet mit der Kamera nur anderthalb Meter weiter zurück, würde ich sagen.«

»Ich hatte diese Szene eigentlich für morgen früh einge-plant, aber wenn Herr Yamashiro das jetzt gleich macht… Dann müßten wir halt auch das Licht verschieben und di-rekt auf den Bauplatz geben. So bei der Werkstatt nützt es nichts.«

»Ich rede mal mit ihm.«

Ernst Liesgang trat zu Herrn Yamashiro, der ihm knapp bis zum Kinn reichte, deutete eine Verbeugung an, ent-schuldigte sich und fragte in fließendem Japanisch nach der Möglichkeit, in vielleicht zehn oder zwanzig Minuten die bevorstehende Festlegung des Ofenumrisses mit der Film-kamera festzuhalten, da dies ein zentraler Moment für das gesamte Projekt sei, der in der Dokumentation eigentlich nicht fehlen dürfe.

Herr Yamashiro lüftete seine stahlgraue, an die Kopfbe-deckung eines Brigadesoldaten erinnernde Kappe, kratzte sich den rasierten Schädel, lachte, ohne daß ein Grund da-für erkennbar gewesen wäre, nahm eine entschlossene Hal-tung an, erklärte das Anliegen für berechtigt und entschied, daß mit der Markierung des Ofenumrisses gewartet werde, bis die Kamera bereit sei. Nachdem er Ernst Liesgangs abermalige Verbeugung und Worte des Dankes entgegen-genommen hatte, legte er seine Stirn in Falten, ging zu dem mächtigen Schwarznußbaum, der zwischen Werkstattge-bäude und Baustelle stand, deutete auf die moosgrüne Wet-terseite und sagte: Ungünstig sei allerdings – und es hätte auch im Vorfeld mit ihm abgesprochen werden müssen –, daß der Ofen nicht direkt in der Hauptwindrichtung gesetzt werden könne, sondern seinen Platz halb schräg zu ihr haben werde.

Ernst Liesgang verbeugte sich ein weiteres Mal, diesmal tiefer, und erläuterte, daß die Brandschutzvorschriften des deutschen Baurechts sowie die vorgegebenen Grundstücksgrenzen keine andere Positionierung zugelassen hätten. Er hielt einen Moment inne, überlegte, ob er auf die Unsicherheiten im Vorfeld hinweisen sollte, die damit zusammengehangen hatten, daß Herrn Yamashiros Töchter bis vor zwei Wochen entschlossen gewesen waren, die Deutschlandreise des Vaters zu verhindern, entschied sich dann aber, die gesamte Verantwortung für den mangelhaften Informationsfluß allein auf sich zu nehmen.

Herr Yamashiro wirkte zufrieden mit Ernsts Ausführungen und erklärte in milderem Ton, daß die Lage des Ofens zwar nicht die bestmögliche, jedoch auch nicht verheerend sei, so daß man sich wegen der künftigen Brandergebnisse keine Sorgen machen müsse. –

Ganz gleich, an welcher Stelle man anfängt – immer ist vorher schon viel passiert.

Sechs Jahre nach Hermann Sörensens Tod in Rensen starb Ito Hidetoshi kurz vor seinem neunundachtzigsten Geburtstag in Seto, ohne Deutschland je gesehen zu haben. Da an diesem Tag weder der Kaiser abgedankt noch ein Krieg begonnen hatte, brachten die japanischen Zeitungen die Nachricht als Hauptschlagzeile auf der ersten Seite. Die Kommentatoren waren sich einig darin, daß sowohl seine Forschungsarbeit als auch seine gestalterische Kraft der japanischen Keramik des 20. Jahrhunderts die entscheidenden Impulse gegeben hatten. Einige kritisierten offen, daß Ito Hidetoshi nie zum *Lebenden Nationalschatz* ernannt worden war, wobei Fred Redding, ein Exilbrite, der die wöchentliche Keramikkolumne der *Tokio Times* schrieb, behauptete, der Titel sei Ito bereits 1971 angetragen worden, dieser habe ihn jedoch abgelehnt, da er Künstler und Wissenschaftler, gewiß aber kein Sportler sei und deshalb auch keine Verwendung für Medaillen habe. Alle, die sich in der Keramik auskannten, waren einhellig der Meinung, daß es unter den Lebenden niemanden gebe, der den frei gewordenen Platz einnehmen könne.

Zu diesem Zeitpunkt war Ernst Liesgang bereits seit vier Monaten in Japan unterwegs auf der Suche nach einem Meister, der ihn in die Geheimnisse des Holzbrands einführen würde. Sein Vorhaben gestaltete sich noch schwieriger, als er gedacht hatte, da nahezu alle Töpfer, die das Überlieferte als Leitbild und Richtschnur ihrer Arbeit ansahen, es für unvorstellbar hielten, daß ein Ausländer in der Lage sein könnte, ein japanisches Handwerk zu lernen. Die Traditionalisten in Shigaraki und Bizen hatten ihn denn auch samt und sonders unter vorgeschobenen Gründen wieder fortgeschickt oder gar nicht erst empfangen. Gleichwohl war Ernst nach wie vor entschlossen, seine Suche erst zu beenden, wenn er einen Meister gefunden hätte.

Ein halbes Jahr zuvor war seine Lehre bei dem bekannten

Keramiker Karl Wessels im Südschwarzwald zu Ende gegangen, der seinerseits vielfältige Kontakte zu japanischen Kollegen gepflegt, ihre Arbeit in Deutschland bekannt gemacht und auf eigene Faust den ersten Anagama-Ofen auf deutschem Boden errichtet hatte. Bei der Feuerung war Wessels allerdings immer zu Experimenten und Willkürakten bereit gewesen, so hatte er sich nicht gescheut, statt schieren Kiefern- und Buchenholzes Bahnschwellen, Dachbalken und alte Teppiche in die Brennkammer zu schieben. Angesichts der Größe und Kraft tausendjähriger Traditionen stand Ernst Liesgang dem Nutzen solcher Experimente von Grund auf ablehnend gegenüber, so daß er unmittelbar nach seiner Gesellenprüfung aus der Werkstatt Wessels ausgeschieden und mit der transsibirischen Eisenbahn Richtung Japan aufgebrochen war.

Erwin Hesekiels Buch über Ito Hidetoshi hatte er nie gelesen. Etwas an »Zen-Wege durchs Feuer« hatte ihn lange vor dem ersten Satz so unangenehm berührt, daß er außerstande gewesen war, auch nur ein Exemplar in seiner Wohnung aufzubewahren. Überhaupt hielt er die grassierende Zen- und Japanmode dieser Tage für ein Mißverständnis, obwohl er selbst beinahe das Leben eines Mönchs führte: Er ging um acht Uhr abends zu Bett und stand kurz nach Mitternacht wieder auf. Den neuen Tag begann er mit Zazen-Sitzungen, anschließend widmete er sich drei bis vier Stunden lang dem Erlernen der japanischen Sprache. Auf Fleisch verzichtete er ebenso wie auf alle Arten Rauschmittel, einschließlich alkoholischer Getränke, darüber hinaus behielt er sich vor, einstweilen ohne Freundin zu sein. –

Am Morgen nach Ito Hidetoshis Tod betrat Ernst Liesgang den Bahnhof von Kyoto, um nach Echizen zu fahren, in der diesmal berechtigten Hoffnung, dort endlich seinem künftigen Meister, Herrn Furukawa Tokuro, zu begegnen. Frau Tanemura, eine bekannte Galeristin, die eine erfolgreiche Kooperation mit einem Westberliner Kunsthändler und Freund der Familie Liesgang pflegte, hatte ihn persönlich empfohlen und drei Wochen zuvor bereits bei einem gemeinsamen Abendessen in der Galerie mit Herrn Furukawa bekannt gemacht. Wie Seto, Shigaraki und Bizen gehörte auch Echizen zu den *Die sechs alten Öfen* genannten Orten, in denen die japanische Keramik ihren Anfang genommen hatte und das Wissen um ihre Fertigung seit über tausend Jahren in ununterbrochener Überlieferung weitergegeben wurde.

Als er die Bahnhofshalle durchquerte, spielte Ernst Liesgang in Gedanken verschiedene Gesprächsszenarien durch, beantwortete Fragen zu seinem Werdegang und den Absichten, die ihn nach Japan im Allgemeinen und nach Echizen im Besonderen geführt hatten, so daß es eine Weile dauerte, ehe er das bärtige, an die berühmte Sokrates-Büste erinnernde Gesicht Ito Hidetoshis überhaupt wahrnahm, das ihn von allen Zeitungsständern aus anschaute. Dazu waren Photos der wichtigsten Teeschalen und Vasen zu sehen, vor allem immer wieder das porige, matt schimmernde Weiß seiner berühmten Shino-Glasur, mit dem unauslotbaren Rot, das aus tiefer gelegenen Erdschichten herauszubrechen schien. Obwohl Ernst Liesgang um die einzigartige Stellung Ito Hidetoshis in der japanischen Keramik wußte, hatte er ihm für den eigenen Werdegang bislang allenfalls nachrangige Bedeutung beigemessen. Er kannte nur drei seiner Werkstücke, abgebildet in einem deutschen Ausstellungskatalog aus dem vergangenen Jahr, zwei davon in Schwarzweiß. Doch in diesem Moment spürte er eine ebenso reale wie befremdliche Anwesenheit im Blick des verstorbenen Meisters. Die unter herabgesunkenen Lidern fast schon verschwundenen Augen, die aus der Schwärze des Raums zwischen den Gestirnen herüberschauten, schienen ihn gleichsam festzuhalten. Zum ersten Mal, seit er japanischen Boden betreten hatte, ruhte in aller Öffentlichkeit ein derart unverhohlener Blick auf ihm. Ernst Liesgang spürte eine Mischung aus Zuversicht und Furcht. Zum einen war da die plötzliche Gewißheit, daß er nicht einer fixen Idee hinterherrannte, sondern tatsächlich seiner Bestimmung folgte, auf der anderen Seite wuchs das Gewicht der damit verbundenen Aufgabe ins Unermeßliche.

Während er mit dem *Donnervogel*-Expreß durch die nebelverhangene Landschaft fuhr, vorbei an Reisfeldern, Kiefernhainen, kleinen Tempeln, stellte er sich den Gleichmut vor, mit dem Ito Hidetoshi nach einem langen, schöpferischen Leben auf die andere Seite gewechselt hatte. Die ganze Fahrt wäre zu einer vertraulichen Unterhaltung mit dem verstorbenen Meister geworden, hätte sich nicht immer wieder das beleidigte Gesicht Karl Wessels' dazwischengedrängt, sobald er Kunden, die auch nur Ito Hidetoshis Namen erwähnten, erklärte, daß er große Zweifel am Nutzen philosophischer Bücher im Zusammenhang mit ehrlichem Handwerk habe. Im übrigen stehe es seiner Ansicht nach, bei allem Respekt, in keinem Verhältnis, wenn eine Teeschale frisch aus dem Ofen zweihunderttausend Dollar koste. Nur in vertrauter Runde und wenn der Trollinger ihn in Selbstmitleid versinken ließ, beklagte er sich, daß Ito Hidetoshi seine mehrfache Bitte, ihm einen kollegialen Werkstattbesuch abstatten zu dürfen, nicht einmal mit einer Absage beantwortet hatte.

»Achtundzwanzig, die erste.«

Herr Yamashiro stand, die Arme vor der Brust verschränkt, zwischen den Pfeilern der offenen Halle am Rand der leicht ansteigenden, von Ernst Liesgang in der Vorwoche mit einer Rüttelplatte verdichteten Sandfläche, auf die er den Ofen setzen würde, und ließ keinerlei Regung erkennen. Seine Hosenbeine waren an den Oberschenkeln breit ausgestellt wie bei alten Wehrmachtsuniformen, oberhalb des Gesäßes hing ein weißes Handtuch aus dem Gürtel. Er nahm das Pastorat in den Blick, wandte sich den weiten Feldern jenseits der Grundstücksgrenze zu, machte sich die Bedeutung der Abstände zwischen den Gebäuden unter Berücksichtigung verschiedener Windrichtungen und -stärken klar, verband vor dem inneren Auge die Außenmaße mit dem Innenraum, kalkulierte das Volumen, das der Ofen haben müßte, um mit einem, höchstens zwei Bränden pro Jahr einen Töpfer samt Familie zu ernähren, glich das, was er sah, mit dem weit in die Vorzeit zurückreichenden Wissen ab, das ihm in vier Jahrzehnten des Dienens und Lernens von seinem eigenen Meister übermittelt worden war.

Der Himmel riß auf, die auf den Dachstuhl genagelte

Plastikplane flatterte im Wind, scharfe Schatten kleinerer Wolken jagten über den Boden.

Nichts geschah.

Nach einer Weile richtete sich Werner Mertens hinter der surrenden Kamera auf und sah zu Thomas Gerber hinüber. Thomas Gerber warf einen verstohlenen Blick auf die Uhr, hob vorsichtig die Schultern, um keinesfalls an einer Störung schuld zu sein, die den Meister aus seiner Konzentration riß. Martina Voss kniff unter ihren Kopfhörern ärgerlich die Lippen zusammen und versuchte trotz der angekündigten Interview-Töne ein natürliches Klangbild aus Wind und Stille aufs Band zu bekommen.

Von einem Moment zum anderen änderte sich die Spannung in Herrn Yamashiros kleiner Gestalt, ein Ruck lief durch ihn hindurch, ehe er mit kurzen präzisen Schritten ein längliches Oval abging. Zurück am Ausgangspunkt nahm er zwei Schamottsteine von dem Stoß neben der Überdachung und legte sie zur Markierung der breitesten Stelle auf den Boden. Er hielt inne, schaute vor und zurück, ging erneut zu den Paletten mit Steinen, nahm zwei weitere, plazierte sie dort, wo später Anfang und Ende des Ofens sein würden. Dann trat er in die Mitte und glich die Gesamtmaße ab. Gleichzeitig machte er sich ein Bild der Gestalt und Haltung Ernst Liesgangs, um herauszufinden, welcher Art sein Charakter war, wobei er ihn nicht direkt ansah, sondern auf eine spezifisch japanische Weise die Außenbereiche seines Gesichtsfelds scharfstellte, so daß er ihn mit größter Genauigkeit wahrnahm, ohne ihn zu fixieren.

Als bestünde nun nicht mehr der geringste Zweifel an

der Richtigkeit seiner Entscheidungen, legte er Stein für Stein den Grundriß des Ofens auf den Sand. Weder hatte er eine Planzeichnung noch benutzte er einen Zollstock oder das japanische Rollmaß, das er in der Hosentasche trug.

Nachdem er das langgestreckte, vorn, wo die Brennkammer sein würde, abgeflachte, vor dem Schornstein stumpfe Oval eine Weile regungslos betrachtet hatte, entnahm er an beiden Seiten je einen Stein und schob alle anderen ein Stück näher zusammen, so daß die Kontur ein wenig schlanker wurde.

Erneut stand er stumm da, diesmal den rechten Arm vor der Brust angewinkelt, so daß sein Zeigefinger in Höhe des Kinns gen Himmel wies.

Ernst Liesgangs halb geöffnete Lippen formten den ausströmenden Atem zu einem langgezogenen Ton aus Bewunderung und Dank.

Nakata Seiji nickte. Inzwischen war auch seine Frau mit den beiden Söhnen auf den Bauplatz gekommen. Alle betrachteten ehrfurchtsvoll die steinerne Linie auf dem Sand und warteten darauf, daß Herr Yamashiro etwas sagte oder tat, um die Versammlung zu beenden. Schließlich wandte er sich, noch immer mit erhobenem Zeigefinger, im rechten Winkel allen Anwesenden zu und verbeugte sich leicht.

Akira, der ältere der beiden Nakata-Söhne, trat seinem Bruder Yoshi erkennbar mit Absicht auf den Fuß. Yoshi zuckte zusammen und verzog vor Schmerz das Gesicht, blieb aber stumm.

So sei es gut, erklärte Herr Yamashiro nach einer angemessenen Spanne des Schweigens, morgen werde er mit

dem Mauern beginnen. Er legte beide Hände in Höhe des
Solarplexus übereinander und fuhr fort: Es habe sich als
vorteilhaft herausgestellt, den vorbereiteten Platz eine
Nacht lang ruhen zu lassen. Jetzt wolle er ein Bad nehmen,
danach werde er hungrig sein.

3.

Tatsächlich hatte sich Meister Furukawa Tokuro drei Monate nach Ernst Liesgangs erstem Besuch in Echizen entschieden, ihn als Schüler anzunehmen. Was Ernst in der Werkstatt Wessels gelernt hatte, galt fortan nichts mehr. Immerhin verlangte Herr Furukawa nicht, daß er die Töpferscheibe – wie in Japan üblich – im Uhrzeigersinn rotieren ließ, sondern an Ernsts Platz durfte sie sich nach europäischer Art in umgekehrter Richtung drehen. Die Folge war, daß er alle Bewegungen, die er bei Herrn Furukawa sah, spiegelverkehrt umsetzen mußte. Während der ersten neun Monate seiner Lehrzeit formte er Tag für Tag bis zu zehn Stunden lang den immergleichen einfachen Teebecher – etwa sechshundert pro Woche, zweitausendfünfhundert im Monat, insgesamt rund dreiundzwanzigtausend Stück, von denen im Blick des Meisters nicht ein einziger Bestand hatte. Weder nannte Herr Furukawa Gründe, weshalb er Ernsts Becher für mißlungen hielt, noch erklärte er ihm, wie sie richtig hätten gemacht werden müssen.

Sobald Herr Furukawa spürte, daß sich Zorn, Verzweiflung oder auch unangemessene Begeisterung in Ernst aus-

31

breiteten, ließ er ihn auf den Knien mit einer Wurzelbürste die gepflasterte Einfahrt samt Hof reinigen, bis keine persönliche Gefühlsregung seine Konzentration auf die Arbeit mehr behinderte.

Als Ernst sich einen Bildband über Ito Hidetoshi kaufte, kam es zu einer dreitägigen Krise, da Herr Furukawa den Kauf als Mangel an Vertrauen in seine Fähigkeiten als Lehrer betrachtete: In diesem frühen Stadium der Ausbildung führe eine Vermischung der Wege zu heilloser Verwirrung, da der Schüler weder in der Lage sei, jenseits von Geschmacksurteilen Gutes von Schlechtem zu unterscheiden, noch wisse, in welchen Schritten Formen und Techniken sinnvollerweise zu erlernen seien. Sein eigener Meister, erklärte er, hätte ohne Zweifel auf Aushändigung oder Vernichtung des Buches bestanden. Er wolle von solchen Schritten einstweilen absehen, erwarte jedoch, daß Ernst keine weiteren Erzeugnisse dieser Art anschaffe.

Dementsprechend war es Ernst ausdrücklich verboten, in seiner Freizeit mit anderen Töpfern der Stadt zu reden oder sie in ihren Werkstätten zu besuchen. Eine Ausnahme bildete lediglich der Amerikaner Rob Conners, der als einziger weiterer Ausländer in Echizen lebte und auf eine gleichsam naturhafte Weise mit Ernst verbunden war, so daß es im Widerspruch zur allgemeinen Ordnung der menschlichen Verhältnisse gestanden hätte, diesen Austausch zu unterbinden.

Rob Conners, der, anderthalb Jahrzehnte zuvor, ähnliche Erfahrungen in der Werkstatt seines späteren Schwiegervaters gemacht hatte, bestätigte Ernsts Vermutung, daß es sich bei Herrn Furukawas Maßnahmen keineswegs um private Willkürakte, sondern um die üblichen und anerkannten Methoden des Lehrens in den japanischen Handwerkskünsten handelte.

Da sich auch im zehnten Monat bei Ernsts Teebechern kein Fortschritt abzeichnete, entschloß sich Herr Furukawa – eingedenk der Tatsache, daß er keinen minderjährigen Japaner, sondern einen ausgewachsenen Deutschen zum Schüler hatte – zu einer Abweichung vom überlieferten Weg, dessen Eckpfeiler Schweigen und Nachahmung bildeten: Eines Morgens stellte er ihm zwei nahezu identische Becher auf den Tisch, links einen seiner eigenen, rechts einen aus der ungeheuren Zahl derer, die Ernst gedreht hatte. Er steckte sich eine Zigarette an und fragte: »Kannst du den Unterschied zwischen den Bechern beschreiben?«

Nachdem Ernst beide Becher eine Weile betrachtet hatte, sagte er: »Für mich ist kein nennenswerter Unterschied erkennbar.«

»Nimm sie in die Hand.«

Er hob vorsichtig erst den einen, dann den anderen Becher vom Tisch, danach beide gleichzeitig, wog sie in den Händen, wurde plötzlich rot und sagte: »Ihrer ist leichter als meiner.«

»So, ist er das?«

»Auch deutlich leichter, als man erwartet.«

»Und? Was schließt du daraus?«

»Sie benötigen weniger Ton ...«

Herr Furukawa schnaubte und blies eine große Rauchwolke aus: »Paß mal auf: Wir machen hier nicht irgend et-

33

was Beliebiges – wir formen Gefäße, Dinge, mit denen die Menschen später Tag für Tag umgehen werden. Damit ist eine große Verantwortung verbunden, denn das Leben ist schwer. Es besteht hauptsächlich aus Mühsal und Anstrengung. Wenn einer sich nun hinsetzt, um auszuruhen und einen Tee zu trinken, dann sollten wir dafür sorgen, daß er in dem Moment, wo er den Becher in die Hand nimmt, ein kleines Gefühl der Erleichterung verspürt. Etwas wie eine freudige Überraschung. Jedenfalls sollte er auf gar keinen Fall die Last des Daseins noch deutlicher spüren als ohnehin schon, nur weil wir unsinnig schwere Teebecher machen. Hast du das verstanden?«

»Ich glaube schon.«

»Merk es dir. Aber mit diesen Bechern hörst du jetzt trotzdem auf.« –

Im darauffolgenden Juni wurde im Haus des Keramikerverbandes Echizen die große Jahresausstellung eröffnet, an der alle wichtigen Töpfer der Stadt teilnahmen. Obwohl Herr Furukawa es grundsätzlich nicht für nutzbringend hielt, wenn ein Schüler sich mit dem beschäftigte, was in anderen Werkstätten hergestellt wurde, gestand er Ernst als Ausländer doch ein gewissermaßen touristisches Interesse an der Veranstaltung zu und gestattete ihm, sie sich anzuschauen.

Ernst besuchte die Ausstellung an seinem freien Sonntag. Das Meiste, was gezeigt wurde, fand er ausgesprochen enttäuschend. Auch in Echizen feuerte die überwiegende Mehrzahl der Töpfer Gas- oder Elektroöfen, so daß ihre Arbeiten zwar Fingerfertigkeit und überlegene Technologie bezeugten, jedoch nichts von der abgründigen Unberechenbarkeit ausstrahlten, die den alten Stücken aus dem Holzbrand eigen war. Beeindruckt war er von den riesigen, unvorstellbar dünnwandig aufgebauten Vorratsgefäßen des alten Meisters Kondo Izaemon, der bereits vor zwanzig Jahren zum lebenden Nationalschatz ernannt worden war. Hingegen schienen ihm die Gefäße des vor allem in Amerika als Erneuerer der Echizen-Tradition gefeierten Sakai Mikio unerträglich selbstverliebt. Und dann erblickte er plötzlich eine mächtige weiße Shino-Teeschale, deren gefaßte Brutalität ihm einen regelrechten Schock versetzte. Unverrückbar und dröhnend still stand sie da. Mit einem Mal begriff er, was es bedeutete, daß die Teezeremonie ihrem Ursprung nach ein Kriegerritus gewesen war, zu dem man im Angesicht des Todes zusammentraf. Ein guter Tag zum Sterben war der beste Tag für den Tee. Zugleich sprach aus ihr der leibhaftige Geist des verstorbenen Ito Hidetoshi. Im ersten Moment hatte Ernst keinen Zweifel, daß sie von dessen Hand stammte, doch dann spürte er eine zunehmende Irritation und bemerkte, daß die Beschriftung einen Herrn namens Nakata Seiji als Schöpfer auswies.

Als er am nächsten Morgen die Werkstatt betrat, fragte Herr Furukawa, der immer im Bilde war, wann Ernst sich wo und mit wem aufgehalten hatte, welche Eindrücke er denn nun von der Ausstellung gewonnen habe?

Ernst zögerte mit der Antwort. Auf keinen Fall sollte Herr Furukawa denken, daß er irgend jemandes Werk höher einschätzte als das seine. Zunächst pries er deshalb die unumstrittene Arbeit des Altmeisters Kondo Izaemon, äußerte sich dann behutsam abschätzig über Glasurkeramiker und Geschirrfabrikanten, bezweifelte die Richtigkeit des revolutionären Ansatzes Sakai Mikios und drückte schließlich bewußt beiläufig seine Verwunderung angesichts der Teeschale eines jüngeren Meisters namens Nakata Seiji aus, dessen Stil offensichtlich nicht zur Echizen-Tradition gehöre.

»Er interessiert sich nicht im geringsten für das, was hier gemacht wird«, sagte Herr Furukawa. »An keiner der Ausgrabungen, die wir seit Jahren durchführen, um etwas über die Techniken der Alten zu erfahren, hat er sich beteiligt. Daß er seine Werkstatt in Echizen gegründet hat, hängt ausschließlich mit staatlichen Subventionen zusammen, die jungen Töpfern von der Regionalregierung gezahlt werden, wenn sie sich hier niederlassen. Aber ich dachte mir schon, daß seine Arbeit deine Zustimmung finden würde. Er betrachtet sich selbst als den wahren Erben Ito Hidetoshis.«

»Und Sie, Meister, was halten Sie davon?«

»Ganz gleich, ob seine Keramik gut oder schlecht ist: Sie gehört nicht hierher.«

»Was ist das?«, fragte Thomas Gerber und schaute halb skeptisch, halb fasziniert das orange-gelb-schwarze Gekrüsel auf seinem Teller an.

»Hijiki«, sagte Ernst. »Eine bestimmte Sorte Algen. Sehr köstlich. Mit Karotten- und fritierten Tofustreifen.«

»Und daneben?«

»Gedünsteter Rettich mit... Ich vermute, daß es sich um eine Miso-Sauce handelt.«

»Was habe ich mir darunter vorzustellen?«

»Eine salzige Würzpaste aus vergorenen Sojabohnen.«

»Es sieht jedenfalls ziemlich anders aus als das Essen beim Chinesen in Dreimütz.«

»Die Verwandtschaft beider Küchen ist bei weitem nicht so nah, wie man meinen könnte.«

In der Mitte des Kaminraums, des größten und prächtigsten Zimmers im Haus, waren zwei Tischlerplatten auf vier Böcken zu einer langen Tafel zusammengeschoben, an deren linker Hälfte der angehende Filmemacher Thomas Gerber, sein Kameramann, Werner Mertens, und die Tonfrau, Martina Voss, Platz genommen hatten. Neben Martina saß Ernst, gefolgt von Herrn Yamashiro, ihm gegenüber Nakata Seiji. Der Stuhl neben Herrn Yamashiro war frei, dort würde Nakata Masami sitzen und sich persönlich um sein Wohl kümmern, sobald die letzten Schalen serviert wären. Ihr gegenüber saß Hiromitsu, ein Kunststudent, der gelegentlich in der Werkstatt Nakata Seijis ausgeholfen hatte, und am rechten Ende des Tisches beäugten sich Yoshi und Akira in brüderlicher Feindschaft.

Nach Suppe, Sesamspinat, eingelegtem Gemüse und Reis brachte Nakata Masami Fischfilets, für deren Zubereitung ihr Mann eigens draußen vor der Werkstatt den Holzkohlegrill angefeuert hatte. Sie verbeugte sich kurz und gab Herrn Yamashiro zwei besonders große Stücke, was dieser mit leisem Knurren beantwortete, ging dann reihum und tat den anderen auf. Lediglich Ernst ließ sie aus, da er sich, gemäß den buddhistischen Laiengelübden, vegetarisch ernährte.

»Ißt man alles gleichzeitig oder muß ich eine bestimmte Reihenfolge einhalten?«, fragte Martina, während Herr Yamashiro bereits den Deckel seiner Suppenschale abgenommen, die Schale zum Mund geführt hatte und lauthals schlürfte.

»Wenn mehrere Gerichte zusammen serviert werden, kann man sie essen, wie man möchte.«

»Tischmanieren gehören offenbar nicht ins japanische Meisterprogramm«, raunte Werner Mertens Thomas Gerber zu, halblaut und ohne von seinem Teller aufzusehen, obwohl er sicher sein konnte, daß keiner der Japaner auch nur ein Wort Deutsch verstand.

»It is very good food, I like it«, sagte Thomas Gerber sehr langsam und mit betont deutschem Akzent zu Nakata Masami, die inzwischen Platz genommen hatte.

Nakata Masami erwiderte etwas auf Japanisch und fügte dann heftig nickend »Tank yu, tank yu« hinzu.

Von den Deutschen hatte außer Ernst überhaupt noch niemand japanisches Essen versucht, so daß sie die Qualität der Speisen, die Nakata Seiji und seine Frau zubereiteten, schwer einschätzen konnten.

Thomas Gerber, der Erwin Hesekiels Buch über Ito Hidetoshi als Regelwerk und Handbuch in allen Fragen des japanischen Volkscharakters betrachtete, ging davon aus, daß der Japaner als solcher in jeder täglichen Verrichtung eine Art von spirituell begründetem Perfektionismus an den Tag legte und dabei frei von Ehrgeiz oder gar Eitelkeit handelte. Insofern fand er die unkontrollierten Begeisterungslaute, die Hiromitsu nach jedem Bissen hervorbrachte, unangemessen

38

und eines Japaners eigentlich unwürdig. Herr Yamashiro hingegen schnaufte und knurrte, während er sein Essen in Windeseile hinunterschlang, als bestünde die Gefahr, daß man es ihm wieder wegnähme. Sobald das letzte Reiskorn in seinem Mund verschwunden war, erkundigte sich Nakata Masami beflissen, ob er mehr wünsche, was er mit einem knappen »Haij« beantwortete. Auch den Nachschlag vertilgte er in atemberaubender Geschwindigkeit. Als er seine Stäbchen beiseitelegte und sich mit mürrischem Gesicht zurücklehnte, fragte sie, um ihm auch in dieser Hinsicht Respekt zu erweisen, ob es denn geschmeckt habe, und während Hiromitsu, der die Frage offenbar auch auf sich bezogen hatte, Wortkaskaden voller Ausrufezeichen absonderte, sagte Herr Yamashiro, dessen ostentatives Schweigen nach und nach alle anderen hatte verstummen lassen: »Ijah!« –

Die gute Stimmung auf der japanischen Seite erstarb schlagartig. Selbst die Kinder erstarrten mitten im Gezänk und brachten keinen Ton mehr heraus.

»Was hat er gesagt«, fragte Martina halblaut und in einer Betonung, die so beiläufig klang, als würde sie ›Gibst du mir mal das Salz‹ sagen, woraufhin Ernst ihr mit glühenden Wangen die Sojasaucen-Flasche reichte und raunte: »Dieses Wort bedeutet sinngemäß, daß es ihm ganz und gar überhaupt nicht geschmeckt hat.«

»Das ist hart.«

»Und – hat er Recht?«, fragte Thomas Gerber. »Ich meine, ich finde es lecker, aber es ist auch das erste Mal, daß ich so etwas esse, insofern kann ich nicht beurteilen, ob es wirklich gut ist.«

»Nakatas kochen allerfeinste japanische Küche. Ich habe eigentlich nur bei ihnen zu Hause so gut gegessen. Ein Restaurant dieser Kategorie hätte ich mir gar nicht leisten können. Möglicherweise liegt aber genau da das Problem.«

Nakata Masami, die als erste ihre Fassung wiedergefunden hatte, fragte Herrn Yamashiro mit einem Gesichtsausdruck, dem nicht der Hauch einer Kränkung anzumerken war, ob er noch etwas Sake trinken wolle?

Herr Yamashiro nickte.

Sie stand auf, schenkte ihm Reiswein aus einer in wunderbar kraftvollem Shino glasierten Keramikflasche ein und verschwand in die Küche.

Die untergehende Sonne senkte sich zwischen dem halbfertigen Dach und dem Werkstattgebäude dem Horizont zu und warf glühend rotes Licht in den Raum.

»Das Wetter soll morgen übrigens besser werden«, sagte Werner Mertens.

»Ich fand es heute schon nicht schlecht«, erwiderte Thomas Gerber.

»Herr Yamashiro friert halt schrecklich«, sagte Ernst.

»Was sind das eigentlich für Dinger, die er sich da immer in den Rücken steckt? Eher etwas Esoterisches, Energiepolster oder so was?«, fragte Martina.

»Nein, nichts Esoterisches – im Gegenteil: japanische Hochtechnologie. Soweit ich weiß, handelt es sich um spezielle Wärmekissen, die auf einer chemischen Reaktion basieren. Wenn die Substanzen, die da drin sind, miteinander in Kontakt treten, beginnt ein Prozeß, bei dem Wärme freigesetzt wird. In Japan sind sie sehr verbreitet.«

Ernst wandte sich Herrn Yamashiro zu und fragte, ob es irgend etwas gebe, das den weiteren Abend angenehmer für ihn machen könne?

Herr Yamashiro sah auf, schlug mit seiner rechten Hand eine Art Acht in die Luft und fing laut an zu lachen.

4.

Im Frühjahr 1987 erwartete die Keramikervereinigung
Echizen den Besuch einer deutschen Delegation unter der
Leitung von Professor Bormann und seiner Kollegin, Frau
Professor Zingster, die Konzepte für einen neuen Studien-
gang *Künstlerische Keramik* an der Fachhochschule Höhr-
Grenzhausen im Westerwald entwickelten. Weil Nakata
Seiji infolge zweier vielbeachteter Ausstellungen, für die Ito
Hidetoshi ihn kurz vor seinem Tod noch persönlich empfohlen hatte, von den Töpfern der jüngeren Generation der
berühmteste war, wurde er ausgewählt, die zehntägige De-
legationsreise zu den wichtigsten Keramikern des Landes
zu leiten. Allerdings hatte er es zur Bedingung gemacht, daß
Ernst ihm als Dolmetscher zur Verfügung gestellt werde,
da die Deutschen bei speziellen Wünschen im Zweifel lieber einen Landsmann als Ansprechpartner hätten. Weil es
der Vorsitzende der Keramikervereinigung Echizen persönlich war, der in seiner offiziellen Funktion bei Herrn Furukawa anfragte, ob es möglich sei, Ernst für die Betreuung
der Gäste abzuordnen, mußte dieser ihn freigeben. Um seiner Autorität als Meister willen durfte es allerdings keines-

falls den Anschein haben, er sei überrumpelt oder gar zur Zustimmung genötigt worden, so daß er Ernst gegenüber erklärte, er selbst habe der Kommission vorgeschlagen, ihn dem Reiseleiter, Herrn Nakata Seiji, zur Verfügung zu stellen. Dies sei einhellig begrüßt worden, und die Keramikervereinigung Echizen habe ihn deshalb mit der ehrenvollen Aufgabe betraut, die Gruppe zu begleiten.

Ernst nahm es widerspruchslos hin, daß Herr Furukawa von seiner Bereitschaft ausgegangen war, ohne ihn zu fragen. Er hatte nicht die geringste Ahnung, was den Meister zu dieser großzügigen, seinen zuvor geäußerten Ansichten zuwiderlaufenden Geste bewogen hatte, doch er wußte, daß unbedingter Gehorsam bei allen Anordnungen, selbst wenn sie vollkommen absurd erschienen, für jeden Schüler eine Selbstverständlichkeit war. Da die Reiseverpflichtung ihm unverhoffte Möglichkeiten eröffnete, fiel ihm Ergebenheit in diesem Fall leicht. Mühe bereitete es ihm lediglich, seine Begeisterung zu verschleiern, damit Herr Furukawa es sich nicht plötzlich anders überlegte, denn von alters her zählten überraschende Kehrtwenden zu den beliebtesten Schulungsmethoden im Zen.

Drei Monate später, eine Woche vor dem Eintreffen der Delegation, erschien Frau Nakata bei Herrn Furukawa und bat ihn, Ernst zu einem Abendessen einladen zu dürfen, das dem persönlichen Kennenlernen und der Reisevorbereitung dienen solle. Da Herr Furukawa vor Ernst als Mitinitiator der gesamten Unternehmung dastand, blieb ihm keine andere Wahl, als der Einladung zuzustimmen.

Auf dem Weg zum Haus der Familie Nakata verwandelte

sich Ernsts unterschwellige Furcht, daß er auch nach beinahe zwei Jahren vor Ort nicht in der Lage war, sich in einem japanischen Haushalt halbwegs korrekt zu benehmen, in mittelschwere Panik, zumal die in Europa gebräuchliche Möglichkeit, mittels amüsanter Erzählungen aus dem eigenen Leben die Atmosphäre zu lockern, sich für einen Schüler ebenso wenig ziemte, wie das freimütige Äußern persönlicher Standpunkte in Fragen von Gewicht.

Es zeigte sich jedoch, daß Nakatas ihrerseits alle vorstellbaren Peinlichkeiten bedacht hatten. Insbesondere Nakata Masami führte Essen und Gespräch so geschickt, daß Ernst immer rechtzeitig wußte, welches Gericht man auf welche Weise aß und was seitens der Gastgeber über dies und jenes Thema gedacht wurde. So konnte er grobe Verletzungen der Tischsitten ebenso umgehen wie gefährliche Meinungsverschiedenheiten. Überhaupt wurde im Hause Nakata eine sonderbare und in ihren Gesetzmäßigkeiten schwer durchschaubare Mischung aus Traditionsstrenge und Freizügigkeit gepflegt. Einerseits zeugte jede Bewegung beim Kochen, Servieren, Essen von höchster Konzentration und Genauigkeit, andererseits sah Ernst – da der Speiseraum sich unmittelbar an die offene Küche anschloß –, daß Nakata Masami den kostbaren Pulvertee aufschlug, als wären es Eier für Omelett, und die Schalen anschließend in die Spülmaschine räumte, ohne auch nur so zu tun, als nehme sie eine zeremonielle Reinigung vor, wie es sich gehört hätte. Das Gespräch kreiste um europäische Kunst, europäische Musik, das Meer, den Rhein, die Berge; Ernst erfuhr, daß Nakata Seiji, ehe er sich entschieden hatte, Keramiker

44

zu werden, anderthalb Jahre Mitglied einer Gruppe junger Musiker gewesen war, die in einer abgelegenen Gegend des Hinterlands lebten, um die Geister der traditionellen Trommeln wieder auferstehen zu lassen, während Nakata Masami moderne Malerei an der Tokioter Kunsthochschule studiert hatte.

Um die Fahrt zu den Keramikern ging es an diesem Abend nicht einmal am Rande, so daß Ernst, als er kurz vor Mitternacht das Haus verließ, sich fragte, welchen Zweck Nakatas mit ihrer Einladung zu einem aus neun Gängen bestehenden Kaiseki-Menü mit anschließendem Tee eigentlich verfolgt hatten.

»Ton ab, Kamera ab.«
»Ton läuft.«
»Kamera läuft.«
»Klappe sechzehn, die erste.«

Ernst saß im Schneidersitz auf dem Werkstattboden. Er hielt vier lange Latten in den Händen, die im vorderen Viertel mit einer Art Bastschnur verflochten waren. Das Stativ war so weit heruntergedreht, daß sich die Kamera auf einer Höhe mit seinen Augen befand. Thomas Gerber hockte sichtlich unbequem dahinter und fragte: »Ernst, was machst du da?«

»Ich stelle für Herrn Yamashiro eine Art… ein spezielles Werkzeug her, das er zum Mauern des Gewölbes benötigt.«

»Das Material sieht nicht gerade sehr japanisch aus, als Außenstehender würde ich eher vermuten…«

»Es handelt sich um Fußleisten.«

»Fußleisten?«

»Genau. Normalerweise müßte man gespaltene Bambus-
stangen verwenden, aber da sie in der Qualität und Dicke,
die wir benötigt hätten, nicht zu bekommen waren, mußten
wir improvisieren. Deshalb bin ich in den Baumarkt gefahren und habe geschaut, was wir alternativ nehmen können.
Das Ganze muß am Ende sehr biegsam sein. Es wird zwischen die Seitenwände gespannt und bildet einen halben
Kreisbogen, auf dem Herr Yamashiro dann das Gewölbe
mauert. Jetzt knote oder webe – ich weiß nicht genau, wie
man das textiltechnisch bezeichnen würde –, ich verflechte
diese vier Leisten so fest miteinander, daß sie nachher quasi
wie ein Brett zusammenhalten, und dabei müssen sie gleichzeitig so flexibel bleiben wie lange Latten.«

»Sieht kompliziert aus. Hast du so etwas während deiner
Ausbildung in Japan schon mal gemacht?«

»Leider nein. Herr Furukawa hatte seinen Ofen zwar
selbst gebaut und vermutlich wird er dabei auch so ein...
Gebilde benutzt haben, doch das war ein paar Jahre, bevor
ich zu ihm gekommen bin. – Und ja: Es ist ziemlich kompliziert. Aber wie man sieht, wird es allmählich.«

»Wie lange arbeitest du schon daran?«

»Seit gestern nachmittag. Und es muß heute fertig werden, sonst verlieren wir kostbare Zeit.«

»Zeitdruck würde man normalerweise nicht mit einem
traditionellen japanischen Bauvorhaben in Verbindung
bringen.«

Ernsts Stirn kräuselte sich in einem Anflug von Ärger,
dann sagte er: »Das ist natürlich kein Zeitdruck im Sinne

von Überstürzung oder Hektik. Die Schwierigkeiten hängen damit zusammen, daß Herr Yamashiro keinen eigenen Gehilfen mitbringen konnte und auch nicht alles, was er an Material benötigt ... Zumal im Vorfeld niemand wirklich wußte, was von dem, was er brauchen würde, in Deutschland zu kaufen wäre und was eben nicht.«

»Cut. Danke. – Entschuldige, Ernst, das ist ein wichtiger Gedanke. Ich bin mir nur auf einmal nicht mehr sicher, ob ich das nicht doch lieber alles zusammen in einer geschlossenen Form haben möchte. Vorhin ging es spontan um die Situation hier, wie du dieses Ding machst und auf dem Boden sitzt ... Aber eigentlich könnten wir, ich meine, das Licht ist gut, man hat die indirekte Sonne im Raum, ohne daß es irgendwo zu hell wird ... Was denkst du: Wäre es nicht schön, wenn wir eines von den längeren Gesprächen hier aufnehmen würden. Das hätte auch den Vorteil, wie du da auf dem Boden sitzt mit den Latten auf dem Schoß, daß optisch ein bißchen was passiert und wir nicht so eine sterile Interviewsituation haben. Wäre das in Ordnung für dich? Du kannst ja ein bißchen weiterknoten währenddessen ...«

»Flechten und reden gleichzeitig: Das wird sicher nicht gehen. So eine Doppelkonzentration würde auch nicht zum Geist dessen passen, was wir hier tun. Du siehst ja, wie kniffelig es ist. Dieses Werkzeug muß nachher wirklich halten, sonst bekommen wir gravierende Probleme.«

»Gut, dann ohne Flechten, einfach die Latten und wie du da auf dem Boden sitzt, mit der Ziegelwand und der Treppe zum Speicher im Hintergrund. – Werner, laß mich noch mal durch die Kamera schauen, ob die Fluchten gut sind.«

»Wenn ich das Bild eingerichtet habe, sind die Fluchten gut.«

»Trotzdem würde ich mich gerne vergewissern, einfach zu meiner Beruhigung. Am Ende ist es ja meine Verantwortung. Wenn ich selber durchgeschaut habe, bist du auf der sicheren Seite, und ich kann dir nachher nicht am Zeug flicken.«

Werner Mertens, der zu seiner Kamera ein sehr intimes Verhältnis pflegte, rückte widerwillig zur Seite.

»Vielleicht nehmen wir noch einen Sack von dem Tonmörtel und stellen ihn dort an die Wand, um die Baustellensituation hervorzuheben.«

»Nein. Ich glaube nicht, daß das sinnvoll ist«, sagte Ernst. »Hier sind wir im Werkstattbereich, der Ofen wird draußen gebaut.«

»Sonst etwas, was sinnvollerweise an der Wand lehnen könnte, um ein bißchen mehr...«

»Die Leere ist ja ein zentraler Begriff im Zen, und das kann sich durchaus in den Bildern widerspiegeln. Ich denke, der Zuschauer stellt sich eine japanische Werkstatt, selbst wenn nebenan gebaut wird, klar strukturiert und aufgeräumt vor.«

»Gut. Dann lassen wir es so. – Ich würde vielleicht gerne zunächst mit dir über einige...«

Thomas Gerber kramte in seiner Aktentasche, zog eine Kladde heraus und begann zu blättern: »Ich habe fünf Hauptgespräche vorbereitet, also die Fragenkataloge dazu. Das erste Gespräch soll sich eher grundsätzlich um den Ofen drehen, was...«

»Am besten, du fragst einfach, und ich antworte. Wenn wir es vorher zu genau absprechen, wird es unnatürlich.«

»Ich hatte halt gedacht, es wäre vielleicht einfacher für dich, wenn du wüßtest, in welche Richtung die Fragen gehen, aber von mir aus können wir es auch so machen. Martina, bist du bereit?«

»Moment noch.«

Martina schob das Stativ mit der Mikrophon-Angel ein wenig weiter in Ernsts Richtung, ging zum Tonband zurück und setzte ihre Kopfhörer auf: »Sag mal was, Ernst.«

»Nachdem Schneewittchen schon lange Königin geworden war, kam es hinter den sieben Bergen bei den sieben Zwergen eines Tages zu einem ...«

»Danke, reicht.«

»Kamera?«

»Von mir aus.«

Werner Mertens wischte das Szenen-Feld auf der Klappe ab und schrieb die nächste Nummer.

»Dann: Ton ab. Kamera ab.«

»Ton läuft.«

»Kamera läuft.«

»Klappe siebzehn, die erste. – Ernst, daß jetzt hier in Rensen an der Ostsee von Herrn Yamashiro – einem der berühmtesten Ofensetzer Japans – ein original Anagama-Ofen für dich gebaut wird, wie er dort seit über tausend Jahren zur Herstellung traditioneller Holzbrandkeramik benutzt wird: Was bedeutet das für dich persönlich?«

Ernst fixierte eine Lattenspitze. Dann bewegte sich sein Blick ruhig zu dem verflochtenen Anfang in seiner Hand

49

und wieder zurück, ohne daß sein Gesicht eine Regung erkennen ließ. Er atmete tief ein und sagte: »Zunächst einmal läuft die Schulung in der japanischen Keramik, so wie ich sie erfahren habe und auch verstehe, ihrem Wesen nach auf eine weitgehende Auslöschung persönlicher Motive und Gefühlslagen hinaus. Insofern führt die Frage ein Stück weit in die falsche Richtung...«

Er machte eine Pause, vielleicht um neu anzusetzen, vielleicht auch um Thomas Gerber später die Möglichkeit eines sauberen Schnitts zu lassen. Aber Thomas, der nervös war und fürchtete, die Situation könnte seiner Kontrolle entgleiten, sagte just in dem Moment, als Ernst erneut Luft holte:

»Gut, das ist klar. Nur, wenn ich mir jetzt vorstelle, ich wäre an deiner Stelle... Das ist doch sicher die Erfüllung eines Lebenstraums, mit der du nicht hast rechnen können, als du dich entschlossen hast, diesen Weg zu gehen.«

»Natürlich. Daß wir Herrn Yamashiro für dieses Projekt gewinnen konnten, ist eine großartige Sache. Er hat ja nicht nur für Nakata Seiji den Ofen gebaut, sondern auch schon für Ito Hidetoshi...«

»Den vielleicht wichtigsten japanischen Keramiker des 20. Jahrhunderts, von dem auch Erwin Hesekiels berühmtes Buch...«

»Gleichwohl ist der Ofen, der da entsteht, zunächst einmal nicht mehr und nicht weniger als die Voraussetzung dafür, daß ich hier künftig Keramiken herstellen kann, wie ich es in Japan gelernt habe. Der Ofen ist das Einzige im gesamten Fertigungsprozeß, was nicht ersetzbar ist... Wir werden nächsten Monat Tonproben aus deutschen Gruben nehmen, Herr Nakata wird in Echizen Versuchsbrände damit machen und schauen, welche Sorten für diese Art der Feuerung geeignet sind; ich benutze eine deutsche Töpferscheibe, deutsche Maschinen bei der Aufbereitung … Fast alles wird sich später mit Dingen und Materialien bewerkstelligen lassen, die es auch bei uns gibt. Nur der Ofen – also ein Ofen, der diese spezielle Art des Ascheanflugs auf den Stücken entstehen läßt, wurde in Europa nie bis an diesen Punkt entwickelt, einfach deshalb, weil den Keramiken in Japan eine andere Vorstellung von Schönheit zugrunde liegt als im europäischen Handwerk. Selbst wenn ich es gewollt hätte, es wäre hier in Deutschland niemand imstande gewesen, so etwas zu bauen.«

»War es schwierig, Herrn Yamashiro für die Idee zu begeistern?«

»Um diese Dinge haben sich Herr und Frau Nakata gekümmert. Soweit ich weiß, war Herr Yamashiro sofort bereit, die Reise anzutreten und in diesem Ofen auch ein bißchen so etwas wie die Krönung seines Lebenswerkes zu sehen. – Er ist ja schon zweiundsiebzig und längst Großvater. Seine Töchter haben sich dann aber, je näher die Reise kam, zunehmend Sorgen gemacht, ob er den Strapazen eines solchen Auslandsaufenthaltes gewachsen ist. Sie hatten Angst, er müßte in einem Bett schlafen, statt ebenerdig auf dem Futon, und würde sich bei einem nächtlichen Sturz den Hals brechen. Auch hatten sie Schlimmes über das Wetter in Deutschland gehört und befürchteten Erkältungen oder gar eine Lungenentzündung, vor allem aber waren sie – wie viele Japaner – überzeugt, daß eine so lange Zeit ohne japanischen Reis seiner Gesundheit sehr abträglich sein würde… Kurzfristig sah es deshalb so aus, als würde das gesamte Projekt scheitern. Herr Yamashiro hatte das Veto seiner Töchter als unumstößlich hingenommen, und es war Nakata Seiji auch in mehreren Anläufen nicht gelungen, ihn umzustimmen. Doch dann ist seine Frau Masami, deren Vater ja im gleichen Alter ist wie Herr Yamashiro, noch einmal zu den Töchtern nach Mino gefahren und hat ausführlich mit ihnen geredet. Unter anderem hat sie versprochen, sich persönlich um die Reisversorgung des Großvaters zu kümmern. So haben sie dann am Ende schweren Herzens ihre Zustimmung gegeben.«

»Kannst du jetzt, nach einer knappen Woche, schon etwas dazu sagen, was es bedeutet, mit einem echten japanischen Meister zusammenzuarbeiten.«

»Es wäre sehr vermessen, in diesem Fall von Zusammenarbeit zu sprechen. Ich bin ja in der Hauptsache für Handlangerdienste und Besorgungen zuständig…«

»Anders gefragt: In Japan erreicht man die Stellung eines Meisters nicht, wie bei uns, durch ein Zertifikat nach einer rein handwerklichen Ausbildung mit bestimmten praktischen und schriftlichen Prüfungen, sondern es ist eine – so habe ich es bei Hesekiel gelesen – mindestens zwölfjährige Zeit des Lernens in äußerster Selbstbescheidung erforderlich, die neben den technischen Fertigkeiten vor allem auch mit einer geistigen Schulung einhergeht… Stichwort: Satori – also die Verwandlung des Bewußtseins durch eine Art Erleuchtungserlebnis. Spürst du, daß da ein Unterschied ist, verglichen zum Beispiel mit einem deutschen Baumeister oder … Wie würde man die Stellung bezeichnen, die er hierzulande innehätte?«

»Nun, er ist eben ein Ofensetzer. Diese Berufsbezeichnung gibt es auch bei uns. In Japan kann er solche Anlagen eigenverantwortlich bauen. Hier brauchten wir zusätzlich einen Architekten, der das Projekt in ein ordnungsgemäßes Genehmigungsverfahren gebracht hat.«

»Ich meinte jetzt eher, ist da für dich ein Unterschied auf der spirituellen Ebene spürbar, der die Arbeit aus dem Gewohnten heraushebt?«

»An den Architekten hat natürlich niemand Ansprüche dieser Art gestellt, insofern ist das schwer zu vergleichen.«

»Aber die Zusammenarbeit zwischen dem Architekten und Herrn Yamashiro verlief problemlos?«

»So weit.«

»Trotz der völlig unterschiedlichen Auffassungen dessen, was der Bau so eines Ofens tatsächlich bedeutet? Bei Hesekiel heißt es beispielsweise, daß am Ende sozusagen ein Geist, der Ofengeist, dort einziehen muß, der sich bei den Bränden um das Feuer kümmert.«

»Stoppt mal. Entschuldige bitte, Thomas. – Vielleicht müssen wir uns doch ein bißchen abstimmen. Da sind jetzt einige Dinge zur Sprache gekommen, die ich nachher nicht gerne im Film hätte.«

»Verstehe. Das mit dem Geist wahrscheinlich.«

»Ja, und auch die Sachen mit den deutschen Behörden. Das sollten wir weglassen, weil noch nicht alle Verfahren abgeschlossen sind. Wer weiß, wer den Film nachher sieht.«

»Wir können es ja einfach noch mal machen.«

53

»Natürlich können wir das. Nur jetzt nicht, denn ich muß zusehen, daß ich mit dem Ding hier vorwärtskomme. Vor allem anderen ist es wichtig, den Meister nicht unnötig warten zu lassen – also eigentlich überhaupt nicht. Das steht sicher auch bei Hesekiel.«

5.

Bereits am zweiten Tag der Rundreise war allen Beteiligten klar, daß Ernst nicht zur deutschen Seite der Delegation gehörte. Das meiste von dem, was Nakata Seiji und die Meister in Seto, Bizen, Shigaraki und Tokoname zu Methoden und Bedingungen der Keramikerausbildung in Japan ausführten, rief bei Professor Bormann, Frau Professor Zingster, den drei technischen Assistenten und Verwaltungsdirektor Leisten abwechselnd ungläubiges Staunen, achselzuckendes Bedauern oder entsetztes Kopfschütteln hervor. Kein Student im Westdeutschland des ausgehenden zwanzigsten Jahrhunderts würde sich dazu bewegen lassen, über Wochen, wenn nicht Monate Tag für Tag ein und dieselbe schmucklose Rundvasenform aus Wülsten aufzubauen, bis sie so makellos dastünde, als wäre sie auf der Töpferscheibe gedreht worden. Spätestens wenn einer der Lehrer das erste Gefäß eines Studenten ohne Diskussion eingestampft hätte, wäre seine Weiterbeschäftigung an einer deutschen Kunsthochschule nicht länger tragbar gewesen. Da Nakata Seiji der Meister und Ernst lediglich sein Übersetzer war, hielt Ernst sich mit persönlichen Meinungen so weit wie möglich zurück. Gleichwohl ließ es sich auf Busfahrten und während der Restaurantbesuche nicht verhindern, daß er nach dem Ausbildungsalltag in Echizen und seiner Einschätzung dieser und jener Lehrmethode befragt wurde. Er erzählte dann in ruhigem Ton und ohne daß seiner Rede auch nur ein Hauch von Klage oder gar Beschwerde zu entnehmen gewesen wäre, daß er eine Sechstage- und Siebzigstundenwoche zu arbeiten habe, in der Urlaub nicht vorgesehen sei, daß das tägliche Aufräumen und Putzen der Werkstatt ebenso zu seinen Aufgaben gehöre, wie die Pflege von Hof und Garten, und daß er selbstverständlich auch vom Meister geschickt werde, Zigaretten oder Hundefutter zu kaufen. Das Verbot, Kontakte zu anderen Keramikern aufzunehmen oder ihre Arbeit zu studieren, ließ er unerwähnt, um unter den Gästen keine schwerwiegenderen Verstörungen hervorzurufen. Doch spätestens als er sagte, daß von all den Stücken, die er in mittlerweile zwanzig Monaten bei Herrn Furukawa hergestellt habe, es lediglich sieben zum Brennen in den Ofen geschafft hätten, alle anderen hingegen wieder zerstört worden seien, die meisten von ihm selbst, da Herr Furukawa anderes zu tun habe, als sich um das Versagen seines Schülers zu kümmern, war dem Blick, mit dem Frau Professor Zingster ihn ansah, unmißverständlich zu entnehmen, daß sie ihn in behandlungsbedürftigem Maße für psychisch krank hielt.

Hatte sie sich zu Beginn der Fahrt noch interessiert nach Unterschieden zwischen deutschen und japanischen Auffassungen erkundigt, sich hingerissen gezeigt angesichts der zeitlos entschiedenen Schönheit, mit der die Japaner ihre Werkstätten und Wohnräume durchformten, wurde sie ab Mitte der Woche zunehmend schmallippig. Ihre Sätze bekamen einen latent aggressiven Beiklang. An den letzten beiden Tagen drehte sich alles, was sie sagte, ganz gleich wer ihr Gesprächspartner war, um zwei Fragen: Weshalb dem Schüler sein Recht – ein unveräußerliches Menschenrecht – verweigert werde, die eigenen künstlerischen Ausdrucksmöglichkeiten zu erkunden, und weshalb die Diskriminierung von Frauen im japanischen Kunsthandwerk unvermindert fortgeführt werde: Von den vierzehn Werkstätten, die sie besucht hätten, sei nicht eine einzige von einer Frau geleitet worden. Ernst hatte Mühe, Professor Zingsters Worte auf eine Weise zu übersetzen, die den Meistern gegenüber hinreichend Dankbarkeit und persönliche Wertschätzung erkennen ließ, schließlich hatten sie den fremden Kollegen aus reiner Großmut ihre Türen geöffnet. Ohnehin war es für die japanischen Meister, die im Laufe ihrer Ausbildung und Arbeit zahlreiche Grenzen nach Innen überschritten hatten, allein aufgrund der Vielzahl überflüssiger Bewegungen und Grimassen auf den ersten Blick erkennbar, daß die Delegationsmitglieder sowohl als Künstler als auch hinsichtlich der allgemein menschlichen Rangstufen allenfalls eine mittlere Stellung innehatten.

Während der ganzen Zeit wurde Ernst den Eindruck nicht los, daß Nakata Seiji ihn mit weitaus größerer Aufmerksamkeit beobachtete als die Gäste, und das, obwohl er unter der Rücksicht japanischer Hierarchien den mit Abstand letzten Platz innerhalb der Gruppe einnahm – weit davon entfernt, überhaupt etwas wie eine eigenständige Künstlerpersönlichkeit darzustellen.

Zehn Tage nach dem Ende der Fahrt erschien abermals Nakata Masami bei Herrn Furukawa, um eine neuerliche Essenseinladung an Ernst auszusprechen. Da Ernst auf der Reise nach allem, was Herrn Furukawa bereits von verschiedenen Seiten zu Ohren gekommen war, eine Reihe schwieriger Situationen auf geradezu japanische Weise in der Balance gehalten und dadurch Peinlichkeiten verhindert hatte, die dem gesamten Töpferverband schweren Schaden zugefügt hätten, wäre es Herrn Furukawas Ansehen in der Stadt nicht zuträglich gewesen, hätte er seine Erlaubnis verweigert.

Bei seinem zweiten Besuch im Haus der Familie Nakata wurde Ernst so überschwenglich begrüßt, wie überhaupt noch nie, seit er japanischen Boden betreten hatte.

Zwischenzeitlich war die Stimmung beinahe ausgelassen und Nakata Seiji begann, immer skurrilere Anekdoten von berühmten Töpfern und ihren Marotten zu erzählen. Als Ernst ihm auf die Aufforderung, im Gegenzug etwas von deutschen Töpfern zur Unterhaltung beizusteuern, erklären mußte, daß es in Deutschland schlicht und ergreifend keine Töpfergeschichten gebe, weil die Töpfer im Bewußtsein der Bevölkerung eine so unbedeutende Rolle spielten, daß man es nicht einmal lohnend fände, über sie zu lachen, sah Nakata Seiji ihn erst ungläubig an und lachte dann trotzdem, weil er auf keinen Fall in Verdacht geraten wollte, eine typisch deutsche Pointe verpaßt zu haben. Nakata Masami nutzte die Gelegenheit und brachte das Gespräch auf Ito Hidetoshi, der in der Lage gewesen sei, die sonderbarsten Begebenheiten derart ernsthaft und überzeugend zu schildern, daß man sie ihm geglaubt habe, selbst wenn es sich nach allen Regeln der Vernunft um Erfindungen gehandelt haben müsse … Dann brach sie mitten im Satz ab und sah ihren Mann vielsagend an.

Nach einer überlangen Pause, in der Ernst sich darauf konzentrierte, seinem Schweigen jede Anspannung zu nehmen, fragte Nakata Seiji:»Gibt es eigentlich einen Zeitplan, wie lange deine Ausbildung bei Furukawa-san dauern soll?«

»Ursprünglich war von zwei Jahren die Rede gewesen.«

»Dann wäre sie bald zu Ende.«

»Wahrscheinlich werde ich noch bis zu seiner großen Ausstellung im November bleiben.«

»Weißt du, wie es danach weitergehen soll?«

»Die Idee ist, daß ich nach Deutschland zurückkehre und dort eine eigene Werkstatt gründe.«

Wieder stand eine Stille im Raum, die Ernst nicht deuten konnte.

»Hast du dir schon Gedanken gemacht, welchen Ofen du dort feuern möchtest?«

»Ich bin wegen der Anagama-Öfen nach Japan gekommen, und ein eigener Anagama wäre das, was ich mir am meisten wünschen würde.«

»Hat Furukawa-Sensei angeboten, dir dabei auf diese oder jene Weise behilflich zu sein?«

»Nein, davon war bis jetzt nicht die Rede.«

»Dann mußt du ihn selber bauen.«

»So sieht es wohl aus.«

»Es gibt natürlich viele Arten einen Ofen zu bauen, aber wenn man sich ganz ohne Erfahrung und Unterweisung daranmacht, besteht die Gefahr, daß die Ergebnisse, die er schließlich zutage fördert, nicht befriedigend sein werden.«

»Diese Gefahr ist mir bewußt, ich sehe im Augenblick nur leider keine andere ...«

»Wie denkst du über Shino?«

Ernst wußte nicht, was die Frage zu bedeuten hatte, aber da er Nakata Seijis Shino, das nach Ansicht vieler Fachleute zum besten seiner Generation gehörte, zutiefst bewunderte, sagte er: »Ich finde die Shino-Glasur von ganz außerordentlicher Ausdruckskraft.«

»Würdest du auch Shino brennen wollen?«

»Da mein Meister nun einmal den Weg der traditionellen Echizen-Keramik geht, stand für mich die Frage nicht an. Aber unter anderen Umständen ...«

»Um gutes Shino zu brennen, benötigt man einen sehr leistungsstarken Ofen.«

»Abgesehen davon, daß ich eben nicht das Wissen über die Zusammensetzung der Glasur habe, wird es mir vermutlich kaum gelingen, einen Ofen zu bauen, der die nötige Kraft hätte.«

Nakata Seiji machte eine bedeutungsschwere Pause, ehe er sagte:

»Es bestünde eventuell die Möglichkeit, Yamashiro Tatsuo Sensei – das ist der Meister, der meinen Ofen gebaut hat, aber auch den meines Vaters, meines Onkels und den von Ito Hidetoshi ... Man könnte ihn eventuell davon überzeugen, für den Bau deines Ofens nach Deutschland zu fliegen. Wäre das für dich von Interesse?«

Ernst verschlug es vollständig die Sprache. Die Vision, die Nakata Seiji aus dem Nichts in den Lichtkegel über dem Tisch gezeichnet hatte, übertraf alles, was er sich seit seinem Entschluß, die Fertigung japanischer Keramik zu lernen, erhofft hatte.

»Du müßtest ein Werkstattgelände finden und vor Ort nach unseren Angaben die entsprechenden Dinge vorrichten. Dann ließe es sich vielleicht in die Wege leiten.«

Während Ernst vor seinem inneren Auge das weißglühende Licht aus seinem künftigen Ofen strahlen sah, rechnete eine innere Stimme ihm vor, daß seine Ersparnisse nach zweieinhalb Jahren Japan ohne einen Yen Gehalt vollständig aufgebraucht waren. Dieser Stimme widersprach eine andere Stimme und stellte klar, wie unangemessen, ja beleidigend es sei, das über alle Maßen großherzige Angebot Nakata Seijis mit dem Hinweis auf fehlende Geldmittel auszuschlagen.

Neben der handwerklichen Ausbildung war die einmalige Fähigkeit der Japaner, Dinge sprachlich in einem positiven Schwebezustand zu belassen, die nutzbringendste Fertigkeit, die Ernst sich in den vergangenen Monaten angeeignet hatte. Er sagte: »Ja, wenn das möglich wäre …«, machte eine Pause, nickte anhaltend. »Das wäre natürlich eine Aussicht, die alle anderen weit übersteigen würde …«

Er fügte kein Wenn oder Aber hinzu, ließ das Geld Geld sein, achteinhalbtausend Kilometer waren achteinhalbtausend Kilometer, aber auch die änderten nichts daran, daß

61

die Möglichkeit eines Anagama-Ofens in Deutschland als Wirklichkeit denkbar war und er sich mithin nicht den Kopf über Widerstände zerbrechen mußte, da auch sie lediglich Möglichkeiten darstellten, die erst im Fall des Eintreffens der Hauptmöglichkeit auf den Plan treten konnten und dann eben beiseitegeräumt werden müßten.

Seine Antwort war anscheinend so ausgefallen, wie Nakata Seiji es sich vorgestellt hatte.

»Was du später wissen mußt, um Shino in einem Yamashiro-Ofen zu feuern, lernst du dann von mir.«

»Guten Tag, die Herren«, tönte eine schrille Stimme über das Gelände, gefolgt von einer Frau Anfang fünfzig mit vogelartigem Gesichtsschnitt, dunkel gefärbter Kurzhaarfrisur und einem grob überschminkten Muster aus violetten Äderchen unter der Wangenhaut. Sie trug einen rosafarbenen Rollkragenpulli, eine flattrige schwarze Hose, und in der Hand hielt sie einen Weidenkorb, aus dem eine Flasche ragte, daneben ein mit Aluminiumfolie abgedeckter Teller. Zügig und offenbar zu allem entschlossen näherte sie sich dem Bauplatz. Ernst, der gerade dabei gewesen war, Martina einen schönen Gedanken über das Wesen der Leere im Zen und seine Folgen für die Keramik zu erläutern, schreckte hoch und lief ihr entgegen, um zu verhindern, was immer an Furchtbarem eintreten könnte.

»Sie sind der neue Besitzer, nehme ich an«, sagte sie.

»In der Tat...«, sagte Ernst.

»Bei mir hat sich ja keiner vorgestellt, und da dachte ich, jetzt komme ich einfach mal selber, bevor alles fertig ist. Ich bin Herta Mölders. Mir gehört die Gastwirtschaft vorn um die Ecke. Normalerweise sitzen alle abends bei mir, die hier in Rensen zu tun haben.«

»Bis jetzt hatten wir nach der Arbeit immer ... Leider.«

»Was wird das denn überhaupt, wenn es fertig ist? Man hört zwar viel, aber da ist ja nun nicht immer Verlaß drauf.«

»Wir bauen einen Keramikbrennofen traditionellen japanischen Typs, wie er dort ...«

»So etwas war mir zu Ohren gekommen. Und wie ich sehe, geht es gut voran.«

Ernst, der große Sorge hatte, Herta Mölders könnte, sobald sie Nakata Seiji oder dem Meister gegenüberstünde, einen solchen Schrecken verbreiten, daß ihnen das ganze Projekt an diesem Ort plötzlich fragwürdig erschiene, setzte an: »Es ist momentan gerade ungünstig von der Bauphase her ...«

In diesem Augenblick tauchte Herr Yamashiro hinter dem Ofenrumpf auf, sah die Frau mit dem Korb dort stehen und hatte entweder exakt die richtige oder eine ganz andere Vorstellung der Gründe, deretwegen sie gekommen war, offenkundig machte sie ihm aber einen vertrauenswürdigen Eindruck. Er trat auf sie zu, blieb einen knappen Meter vor ihr kerzengerade stehen und verneigte sich.

»Ich vermute, das ist der Polier ... Oder wie nennt man das in Japan?«

»Das ist Herr Yamashiro Tatsuo, Ofenbaumeister aus Mino, der eigens nach Deutschland gekommen ist, um hier einen solchen Holzbrand-Ofen zu errichten.«

»Der Mann sieht mir auf jeden Fall aus, als ob er eine kleine Stärkung vertragen könnte.«

Herta Mölders' Blick fiel jetzt auf Werner Mertens, der in einiger Entfernung dabei war, die Kamera für Gegenschnitte in der Totalen aufzubauen: »Und filmen tut ihr auch? – Das scheint ja eine richtig große Sache zu werden.« Sie stellte ihren Korb auf einem Hocker ab, zog die Aluminiumfolie, unter der sich ein Berg Mettbrötchen verborgen hatte, von dem Teller und streckte ihn Herrn Yamashiro entgegen. Herr Yamashiro zog die Augenbrauen hoch, verneigte sich abermals, schnupperte ein wenig, da er die rosafarbene, mit glasigen Zwiebelstückchen bestreute Masse auf den ersten Blick nicht eindeutig zuordnen konnte.

»Sagen Sie ihm, er muß das unbedingt probieren. Die anderen natürlich auch: In Deutschland ist es das traditionelle Maurerfrühstück. Und dazu gehört ... Momentchen ...«

Da die Situation nun einmal war, wie sie war, und Ernst keine Möglichkeiten hatte, sie unter Kontrolle zu bringen, blieb ihm nichts anderes übrig, als einem geordneten Ablauf dessen, was folgen würde, möglichst keine Widerstände entgegenzusetzen.

Während sie die Schnapsflasche aus dem Korb zog und einen Satz sechseckiger Gläschen füllte, erklärte Ernst Herrn Yamashiro, daß die Dame Herta Mölders heiße, eine Schenke in der Nachbarschaft betreibe und ihm heute als Ehrengast des Ortes und des Landes ein besonderes Gericht zubereitet habe, das in Deutschland bevorzugt auf Baustellen gegessen werde. Es handele sich um rohes, gewürztes Schweinehackfleisch auf weißem Brötchen mit Zwiebeln.

Wenn er es jedoch nicht probieren wolle, sei es keine Beleidigung oder …«

Herr Yamashiro hatte schon zugegriffen, furchtlos hineingebissen und nach ersten Kaubewegungen begann er abwechselnd zu lachen und zu nicken, hob immer wieder den Daumen und sagte:»Oishi!«

Er rief nach Nakata Seiji und Hiromitsu, hatte seine Brötchenhälfte schon aufgegessen und, noch immer lachend, die nächste genommen.

»Schmeckt gut: deutsches Essen, nicht wahr«, sagte Herta Mölders, die inzwischen einen Gläserkreis auf ein Tablett gestellt hatte.»Und dazu: Schnaps. Spezialität: Probieren!«

Jetzt traten auch Nakata Seiji und Hiromitsu hinzu, beide mit fragendem Gesichtsausdruck, aber angesichts der offenkundigen Begeisterung, die von Herrn Yamashiro Besitz ergriffen hatte, gleichfalls bereit, sich den Gegebenheiten zu fügen. Herta Mölders deutete auf die Mettbrötchen und sagte:»Sag ihnen, es ist Kraftessen, für Leute, die richtig schwer arbeiten.«

Dazu reichte sie nun das Tablett mit den Schnäpsen herum.

»Sake?«, fragte Herr Yamashiro.

»Nein«, sagte Ernst, der das Tagewerk auf der Baustelle zunehmend gefährdet sah, wechselte ins Japanische und erklärte, daß es sich um einen gebrannten Alkohol handele, dem japanischen Shochu vergleichbar, einem stärkeren Shochu …

Herr Yamashiro ließ ein anerkennendes »Hoo« vernehmen und griff nach einem Glas.

»Bitte, nehmt euch, der Schnaps ist für alle. Eine Runde muß sein. Das gehört sich so. Wir holen sozusagen das Richtfest nach, das ihr einfach so habt ausfallen lassen.«

Ernst sah ein, daß es wenig Sinn hätte, Herta Mölders etwas von buddhistischen Laiengelübden zu erzählen, und für die gutnachbarschaftlichen Beziehungen in Zukunft hilfreich wäre, keinen Widerstand zu leisten.

Inzwischen waren auch Werner Mertens und Thomas Gerber herangeschlurft.

»Endlich mal ein richtiges Frühstück«, sagte Thomas und nahm sich ein Brötchen.

»Die Herren vom Fernsehen: Wo ist die Kamera – das ist jetzt ein wichtiger Moment, also bitte!«

»Dreh es einfach ohne Ton aus der Hand, geht das?«

Werner verdrehte die Augen, nickte dann aber und ging, um die Kamera zu holen.

»Der Polier-Meister muß etwas sagen, so verlangt es der Brauch«, sagte Herta Mölders. »Und dann das Glas«, sie machte eine wegwerfende Bewegung über die Schulter. »Am besten er schmeißt es gegen die Wand, denn wenn es heil bleibt, bedeutet das Unglück.«

Ernst übersetzte Herrn Yamashiro, daß es an ihm als Meister und Baustellenleiter sei, einige Worte für das Gelingen des Baus zu sprechen. Danach wäre es gut, wenn er das Glas durch einen kräftigen Wurf gegen die Wand oder den Steinstapel zerschmettern könne, all das, um die Geister des Ortes freundlich zu stimmen.

Auch wenn er das Ritual im einzelnen nicht kannte, leuchtete Herrn Yamashiro seine Notwendigkeit doch unmittelbar ein. Ähnlich wie die Menschen in den verschiedenen Weltgegenden unterschiedliche Vorlieben und Gewohnheiten pflegten, nahmen wohl auch die Geister in Europa andere Gaben auf andere Weise entgegen als in Japan. Er machte ein sehr feierliches Gesicht und begann zu sprechen.

»Er ist sehr stolz«, übersetzte Ernst, »daß man ihn eingeladen hat, diesen Ofen hier in Rensen für den Töpfer Ernstsan – also für mich – zu bauen. Er dankt allen, die auf der Baustelle mitarbeiten und dafür sorgen, daß das Werk gelingt. Und heute dankt er vor allem auch Herta, daß sie gekommen ist, mit Essen und Getränken, um die Freundschaft zwischen unseren Ländern zu stärken, und er hofft, daß es ein sehr guter Ofen werden wird.«

»Was heißt ›Prost‹ auf japanisch?«, fragte Herta Mölders.

»Kampai«, sagte Ernst.

»Kampai«, sagte Herr Yamashiro, nahm den Schnaps mit einem Schluck und schmetterte das Glas gegen die Hauswand.

6.

Herr Yamashiro war dreiundfünfzig Jahre alt gewesen und hatte seinem Meister, Herrn Takahashi, seit 1931, lediglich unterbrochen durch Krieg und Gefangenschaft, beim Bau zahlreicher Öfen zur Seite gestanden, als dieser infolge eines nächtlichen Autounfalls unerwartet zu Tode kam. Die Polizei nahm an, daß Herrn Takahashis nachlassende Sehkraft die Ursache für den Frontalzusammenstoß mit einem entgegenkommenden LKW gewesen war.

Außer Herrn Takahashi hatten dessen Frau und eine jüngere Schwester, die das Büro führten, zur Firma gehört, dazu ein neunzehnjähriger Gehilfe sowie Herr Yamashiro als seine rechte Hand. Da Herrn Takahashi kein Sohn geboren worden war, hatte er auch keinen Anlaß gesehen, jemanden zu seinem Nachfolger auszubilden, so daß mit seinem Tod das Ende des kleinen Handwerksbetriebs gekommen gewesen wäre, hätten Frau und Schwester nicht beschlossen – allein aus Angst vor der eigenen Verarmung –, Herrn Yamashiro zum neuen Meister zu erklären. Herr Yamashiro selbst war mit dem Erhalt der Todesnachricht in dumpfe Trauer gefallen und schüttelte drei Wochen lang jedes Mal den Kopf, wenn eine der Frauen vor seiner Tür erschien: »Oje, oje, der Meister, der Meister – ohne den Meister kann ich nichts tun«, stammelte er und ließ sie stehen.

Zu diesem Zeitpunkt war der neue Ofen, den Ito Hidetoshi noch bei Meister Takahashi in Auftrag gegeben hatte, nicht einmal zur Hälfte fertig, so daß die Witwe schließlich bei ihm persönlich vorstellig wurde und ihn ersuchte, ein Machtwort zu sprechen. Zwei Tage später erschien Ito Hidetoshi höchstselbst bei Herrn Yamashiro und erklärte ihm, daß der Ofen zügig zu Ende gebaut werden müsse, da er andernfalls so sehr in Verzug mit seiner eigenen Arbeit gerate, daß er die große Werkschau im Metropolitan Museum New York absagen müsse. Womöglich dämmerte Herrn Yamashiro in diesem Augenblick, daß er vielleicht doch in der Lage sein könnte, den Ofen eigenverantwortlich zu vollenden, vielleicht wollte er dem Triumph Ito Hidetoshis im Herzen des ehemaligen Feindes nicht im Weg stehen, vielleicht ergab er sich schlicht dem Willen des höherrangigen Meisters, jedenfalls meldete er sich am darauffolgenden Tag ohne ein Wort der Erklärung bei der Witwe Takahashi zurück, und drei Tage später wurden die Arbeiten am Ofen Ito Hidetoshis fortgesetzt. Von diesem Zeitpunkt an bestanden weder für Herrn Yamashiro noch für sonst irgend jemanden, der mit ihm zu tun hatte, je Zweifel, daß er der Meister war. Ito Hidetoshi erklärte, nachdem er den neuen Ofen in Betrieb genommen hatte, es sei der mit Abstand beste Holzbrandofen, den er je gefeuert habe, und binnen kurzem wurde Herr Yamashiro zu einem der gefragtesten Ofensetzer des Landes.

Das war im Frühjahr 1971.

Im darauffolgenden Herbst wurde Ito Hidetoshi vom *Time Magazine* mit einem Titelbild als wichtigster Keramiker des 20. Jahrhunderts gefeiert, während der elfjährige Ernst Liesgang einen Ferien-Töpferkurs bei Anna Siewerding in West-Berlin absolvierte.

All diese Zusammenhänge können sehr verwirrend sein. Auf keinen Fall sollte man anfangen, über die Proportionen der Jahreszahlen oder die Bedeutung ihrer Quersummen nachzudenken, denn eigenmächtige Versuche, den inneren Strukturen der Wirklichkeit auf die Spur zu kommen, enden leicht in geistiger Umnachtung.

Infolge seiner Tätigkeit als Dolmetscher hatte sich Ernsts Stellung innerhalb der Stadt grundlegend verändert: Er war nicht länger nur ein geduldeter Lehrling aus dem Westen, sondern hatte sich um den Ruf Echizens im In- und Ausland verdient gemacht. Dementsprechend verloren die Einladungen, die Nakata Seiji und seine Frau aussprachen, ihren Makel. Sie mochten Herrn Furukawa weiterhin mißfallen, doch ließ ihm Ernsts neuer Status kaum Möglichkeiten, dessen freundschaftlichen Umgang mit Familie Nakata ohne eigenen Gesichtsverlust zu untersagen. Da Herrn Furukawas Ausstellung jedoch mit großen Schritten näherrückte, fand er mehr und mehr Arbeiten und Aufgaben, die Ernst bis Mitternacht in der Werkstatt festhielten, so daß seine verbleibende Freizeit zusammenschmolz und die Annahme abendlicher Einladungen sich zunehmend schwieriger gestaltete.

Nakata Seiji, der die Gründe für Ernsts gelegentliches Zögern und Ausweichen richtig einordnete, ohne sie zu kommentieren, legte den Termin für den nächsten Brand seines Ofens so, daß Ernst von Samstagabend bis in die frühen Nachtstunden des folgenden Montags dabei sein konnte – während der Phase, in der die Höchsttemperatur von gut 1350 Grad erreicht werden sollte. Ernsts Übermüdung glich an diesem Wochenende der eines Zen-Mönchs im Sesshin, doch der leibhaftige Eindruck von der Feuerkraft des Ofens übertraf all seine Vorstellungen. Bis dahin hatte er gedacht, wenn es ihm eines Tages gelänge, in Deutschland einen Anagama zu errichten, der dem seines Meisters vergleichbar wäre, sollten sich damit halbwegs brauchbare Brennergebnisse zutage fördern lassen. Zu diesem Zweck hatte er heimlich Zeichnungen von Herrn Furukawas Ofens angefertigt und ihn in Abwesenheit des Meisters vermessen. Darüber waren vor allem seine Zweifel gewachsen, ob er überhaupt je imstande sein würde, etwas Brauchbares aufzumauern. Ähnelte die äußere Gestalt des Furukawa-Ofens einem R4-Kastenwagen, glich das Meisterwerk Yamashiros einem schnittigen Sportcoupé, und es erreichte in vier Tagen eine um 150 Grad höhere Endtemperatur als der Ofen Furukawas binnen sieben. Wenn Nakata Seiji die Klappe öffnete, um Holz nachzuwerfen, strahlte ihm aus dem Innern reinweißes Licht entgegen, blendend wie die Sonne. Dicke schwarze Rauchschwaden stiegen aus Ritzen und Schornstein, füllten den Dachstuhl der offenen Halle, begleitet von einem tiefen Dröhnen, das eine leichte Vibration des Zwerchfells verursachte. Am

Montag um halb zwei Uhr morgens schickte Nakata Seiji ihn schließlich nach Hause, damit er nicht gänzlich ohne Schlaf zur Arbeit erschien. »Wie der Brand dann zum allerletzten Abschluß gebracht wird, zeige ich dir, wenn deine Lehre bei Furukawa-san beendet ist.«

Nakata Seiji war in seiner Planung derart umsichtig gewesen, daß acht Tage nach dem Brand, als der Ofen weit genug abgekühlt war, um ohne Gefahr für die Gefäße geöffnet werden zu können, landesweit das Fest des Herbstanfangs gefeiert wurde, und so hatte Ernst wiederum die Möglichkeit, dabei zu sein. Während Herr Furukawa sich beim Öffnen seines Ofens über ockerfarbene oder senfgelbe Flecken, Spritzer und Verläufe auf rötlichbraunem Scherben freute, schimmerte es aus dem Dunkel des Nakata-Ofens leuchtend orange, und wilde Grün- und Blautöne glitzerten im schräg einfallenden Licht, als hätte sich das Tor zu einer geheimen Schatzhöhle aufgetan.

»Das, was aus diesem Ofen kommt, gehört einer anderen Tradition an. Es ist keine Echizen-Keramik, darüber mußt du dir im klaren sein.«

Ernst sagte nicht, daß Echizen und die Ausbildung bei Meister Furukawa in gewisser Hinsicht eine Notlösung gewesen seien, weil ihn in Shigaraki niemand aufgenommen habe, denn er wollte keinesfalls Gefahr laufen, sein weiteres Schicksal durch Undankbarkeit zu gefährden.

»Es wäre die Ito-Hidetoshi-Linie, in der du dann stündest. Die Frage ist, ob du das willst?«

»Nun, in gewisser Weise...«, begann Ernst, doch Nakata Seiji unterbrach ihn scharf: »Wenn ich in dieser Hinsicht für dich etwas unternehmen soll, mußt du dich entscheiden: ja oder nein.«

»Ja.«

»Ich nehme das als dein Wort.«

Drei Wochen später machte Nakata Seiji sich auf den Weg, um Herrn Yamashiro in Mino zu besuchen. Sie sprachen lange über Ito Hidetoshi, dem jeder von ihnen auf seine Weise tief verpflichtet war, über die Strahlkraft des japanischen Handwerks, das Menschen aus ganz entlegenen Weltgegenden dazu bringe, ihre Heimat zu verlassen, um in der Fremde das überlieferte Wissen zu erlernen, ließen Gedanken über das Ungestüm der Jugend, die Ruhe des Alters und der Meisterschaft vorüberziehen, ehe Nakata Seiji Herrn Yamashiro fragte, ob er sich vorstellen könne – in Erinnerung an Ito Hidetoshi und als Vollendung seines Lebenswerks –, im fernen Deutschland, wo die japanische Kultur von jeher hoch geschätzt werde, für einen begabten jungen Töpfer einen Anagama-Ofen zu errichten und auf diese Weise dem künstlerischen Austausch zwischen beiden Ländern einen bedeutenden Anstoß zu geben. Herr Yamashiro, der keine Neigung zu weitschweifigen Erklärungen hatte, antwortete mit einem schwebenden »Mmh«, das nichts versprach und nichts ausschloß.

Nakata Seiji nahm die zustimmenden Aspekte dieses »Mmh« auf und erzählte von Ito Hidetoshis mittlerweile fünfzig Jahre zurückliegendem Versprechen an den deutschen Philosophen Hesekiel, das in gewisser Hinsicht auf ihn übergegangen sei, unterstrich noch einmal die herausragende Bedeutung, die das keramische Schaffen im Verlauf der gesamten Menschheitsgeschichte gehabt habe, wobei diese Bedeutung immer abhängig von den Fähigkeiten der Ofenbauer gewesen sei: Die Ofenbauer hätten dem Menschen das Feuer dienstbar gemacht und damit jeden Fortschritt ermöglicht, der seither errungen worden sei...

Herr Yamashiro nickte die ganze Zeit über und sagte schließlich: »Es gefällt mir, wie du all diese Dinge ausdrückst.«

Solchermaßen ermutigt stellte Nakata Seiji noch einmal die Frage in den Raum, mit wem, wenn nicht mit ihm, Yamashiro Tatsuo Sensei, dem besten Ofenbauer der Gegenwart, dieses Vorhaben in die Tat umgesetzt werden solle?

Herr Yamashiro, dem die welthistorischen Zusammenhänge, in die auch sein persönliches Leben und Arbeiten eingewoben waren, in diesem Moment erstmals ins Bewußtsein traten, unterbrach Nakata Seijis Rede mit einem weiteren, diesmal entschlossenen »Mmh« und setzte hinzu: »Ich denke, wir sollten den Deutschen zu Hilfe kommen.«

»Das wäre in anderthalb Jahren.«

»Gut.«

»Ist die Filmerei nicht unangenehm für dich?«, fragte Martina, sobald Thomas Gerber und Werner Mertens die Tür hinter sich geschlossen hatten. »Ich meine, dieser ganze Ofenbau ist doch sicher auch etwas sehr Intimes.«

Ernst ließ Wasser in den alten Kupferkessel laufen, den er bei einem Antiquitätenhändler in Kyoto gekauft hatte, schaltete die Gasflamme ein und setzte ihn auf den Herd.

»Weißt du, Thomas und ich kennen uns fast zwanzig Jahre, und ich hätte keinen wirklichen Grund gehabt, den Dreharbeiten nicht zuzustimmen, zumal er…«

Ernst überlegte, was er Martina erzählen sollte und was er besser für sich behielt, zumal er nicht einschätzen konnte, welche Hintergrundinformationen Thomas selbst bereits benutzt hatte, um sie für einen Hungerlohn zur Mitarbeit zu bewegen.

»Ja?«

»Nun er hat eigene Japan-Kontakte mit eingebracht, also einen Sponsor. Dieser japanische Sponsor, ein Unternehmer aus Osaka, ist wiederum mit Professor Setzer vom Institut für Angewandte Meeresbiologie in Vrätgarn verbunden. Sie arbeiten zusammen an Anlagen für die industrielle Zucht eßbarer Algenarten auf halboffener See. Und Professor Setzer ist ein Studienfreund meines Vaters. Also auch von daher gibt es Anknüpfungspunkte hier in die Gegend. Abgesehen davon sage ich mir immer: Bestimmt werdet ihr einen schönen Film machen, der dem Projekt insgesamt zugute kommt. Denn wenn der Ofen erst fertig ist und ich hier japanische Keramik brenne, müssen die Leute ja auch erfahren, daß es uns gibt. Da wäre eine Dokumentation im Fernsehen sicher hilfreich.«

Martina sah Ernst an mit einem Blick, der ihm kurz das Geheimnis ihres Wesens öffnete, ehe sie die Augen zu Boden schlug: »Für mich ist es etwas sehr Besonderes, dabei zu sein«, sagte sie. »Auch wenn ich vieles von dem nicht verstehe, was ihr macht, beziehungsweise von dem, was hier passiert.«

Sie zog ein Päckchen Tabak aus ihrer Gesäßtasche und begann, eine Zigarette zu drehen, sah Ernsts skeptischen Blick und sagte: »Keine Sorge, ich gehe zum Rauchen nach draußen.«

Er nickte und schüttete Teeblätter aus einer mit kleinteilig gemustertem Papier bezogenen Dose in seine Hand, gab sie in die Kanne, ließ einen Schluck Wasser aus dem Kessel in die Spüle schwappen, entnahm der Dichte des aufsteigenden Dampfs, daß es die richtige Temperatur hatte, und goß den Tee auf.

»Was verstehst du nicht?«

»Also bei den Japanern verstehe ich quasi gar nichts. Die Sprache sowieso nicht, das ist klar, aber auch nicht, warum sie sich wann wie benehmen und was sie dann damit meinen. Irgendwie habe ich ständig das Gefühl, daß ich alles falsch mache – nicht von den Ton-Aufnahmen her, das klappt einwandfrei, das Nagra-Tonband, das Thomas besorgt hat, ist phantastisch… Aber bei allem anderen: Ich rede zu laut und an den falschen Stellen, mache alberne Handbewegungen, stehe dumm rum, schaue anscheinend so, wie es sich nicht gehört. Andererseits habe ich nicht die geringste Ahnung, wie ich es richtig machen könnte. Gleichzeitig sage ich mir, daß es gar nichts mit mir zu tun hat, wenn die so streng und feierlich sind. Aber sobald sie das nächste Mal auf diese explosionsartige Weise lachen, habe ich doch wieder Angst, es ist über mich..«

Sie klemmte sich die Zigarette hinters Ohr.

»Ich glaube, du mußt dir deswegen keine Sorgen machen.«

»Das ist das Allerverrückteste: Ich mache mir nämlich eigentlich gar keine Sorgen, obwohl ich – wenn ich mir vorstelle, es wären Deutsche, die so auf mich reagieren würden, dann wäre ich längst davongelaufen... Für das bißchen Geld fände ich auch einen anderen Job. Aber hier passiert etwas.«

»Wie meinst du das?«

»Es ist schwer, es in Worte zu fassen. Ich habe den Eindruck, daß ich Teil von etwas bin, das ich so noch nie erlebt habe und auch nie wieder erleben werde.«

Ernst schenkte zwei Becher Tee aus, schob einen zu Martina hinüber.

»So ging es mir in Japan ständig.«

»Normalerweise würde ich mir sagen, sie sind verrückt. Oder zumindest absolute Nervensägen: mit ihrem Getue, den ganzen Regeln, von denen man nicht weiß, wozu sie gut sein sollen. Allein das Bohai, das um den Meister veranstaltet wird. Wenn ich sehe, wie Masami hinter ihm hertrippelt: Als hätte sie nicht alle Tassen im Schrank. Dabei ist sie doch eine starke Persönlichkeit. Sie ist diejenige, die von allen den meisten Durchblick hat, aber bei Herrn Yamashiro schrumpft sie auf Kleinmädchenformat zusammen. Daß sie ihm nicht einzeln die Klopapierblätter vorwärmt, ist alles.«

Ernst kicherte wie ein Japaner.

»Und Herr Yamashiro benimmt sich, wie er gerade Lust hat. Selbst wenn er die anderen damit verletzt. Ich meine, Nakatas geben sich so eine Mühe, daß er dreimal täglich original japanisches Essen bekommt, Suppe und Reis wie zu Hause, immer frisch gekocht, also ich habe noch nie so gut gegessen wie in der letzten Woche, aber er nörgelt bloß rum. Hast du gehört, daß er sich ein einziges Mal bedankt hätte?«

»Nein.«

»Er zeigt auch keine Spur von Selbstbeherrschung oder Respekt den anderen gegenüber, wie man es Japanern eigentlich nachsagt.«

»Herr Yamashiro ist vier-, wenn nicht sogar fünffacher Großvater.«

»Und?«

»In Japan tritt der Mann, wenn er Großvater wird, in ein anderes Daseinsstadium. Sobald der erste Enkel geboren ist, fallen für ihn zahllose Normen weg, er hat dann quasi Narrenfreiheit. Bis vor kurzem war es zum Beispiel noch so, daß die Großväter überall, wo sie gerade das Bedürfnis befiel, ihr Wasser abschlagen durften, ohne daß es peinlich war. Sie sind auch nicht mehr zu Höflichkeit oder Zurückhaltung verpflichtet. Wenn ihnen etwas nicht paßt, können sie es geradeheraus sagen. Es wird fast schon von ihnen erwartet. Wahrscheinlich übernehmen sie damit so etwas wie eine gesamtgesellschaftliche Entlastungsfunktion und verhindern jährlich Tausende von Amokläufen.«

»Das Verrückte ist, daß man trotzdem gern in seiner Nähe ist.«

»Du bist jung und... – Da läßt er seinen Charme spielen.«

»Findest du? – Ich habe eher den Eindruck, daß er mich gar nicht bemerkt.«

»Und er verkörpert natürlich dieses uralte Wissen.«

»Aber wie zeigt sich das? Sagt er zum Beispiel manchmal Dinge, die man sich merken würde? Lebensweisheiten oder etwas in der Art?«

»Nein. Nie.«

»Woran macht es sich dann fest, das Wissen?«

»Es ist einfach da.«

»Also das, was er sagt, ist nicht tiefer oder bedeutsamer als das, was die Kneipenwirtin von sich gibt? Ich hatte gedacht, daß er wenigstens euch gegenüber immer mal wieder solche Sätze raushaut, die irgend etwas im eigenen Innern verändern.«

»Nichts dergleichen. Er mauert einfach einen Ofen.«

»Das ist mir zu hoch.«

»Man kann es nur schwer verstehen.«

»Du verstehst es aber?«

»Ich habe mir angewöhnt, es hinzunehmen: Sowohl das, was es ist, als auch, daß ich es nicht verstehe.«

»Schräg.«

»Möchtest du noch Tee?«

Während Ernst erneut die Gasflamme entzündete, wurde mit großem Schwung die Tür aufgestoßen. Thomas Gerber stand auf einen Schlag im Raum, und die Nuancen, die in den Zwischenschichten der Atmosphäre schwangen, verflüchtigten sich augenblicklich: »Du sollst mal kommen, sagt Masami, sie macht sich Sorgen um den Meister.«

Ernst runzelte die Stirn. Einerseits wußte er, daß Masami sich von Herrn Yamashiros Launen nicht anstecken ließ, andererseits ging auch ihm der vorauseilende Gehorsam, von dem sie glaubte, ihn seinen Töchtern schuldig zu sein, inzwischen auf die Nerven, zumal ihre Art Herrn Yamashiro offenbar reizte, sich noch knurriger zu benehmen, als es das Großvaterdasein erfordert hätte.

»Und was hat er?«

»Ich verstehe sie doch nicht. ›Painback‹, sagt sie. Wahrscheinlich Rückenschmerzen. Vielleicht kannst du sie dann auch mal fragen, ob es möglich ist, daß sie nicht die ganze Zeit in ihrer Küchenschürze neben ihm steht und jeden Stein anreicht: Das ist zum Filmen ein bißchen... Also wenn man dem Zuschauer einen Eindruck vermitteln will, was ein japanischer Meister ist, sieht es ziemlich dämlich aus.«

Als Ernst zum Bauplatz kam, saß Herr Yamashiro auf dem Stuhl, der sonst in der Werkstatt stand, und wischte sich die Stirn mit dem weißen Tuch aus seinem Hosenbund.

Nakata Masami redete auf ihn ein, und ihre Stimme klang ärgerlich, als würde sie ein ungezogenes Kind ermahnen: Yamashiro-Sensei solle ins Haus gehen und sich hinlegen, Seiji werde weitermauern und Hiromitsu sei auch da, so daß es keine Verzögerung beim Bau geben werde. Dann wandte sie sich Ernst zu und sagte, sie sei sicher, daß der Meister einen Ruhetag brauche. Wahrscheinlich hätten ihn die weite Reise und die ungewohnte Umgebung ein wenig geschwächt. Vermutlich sei das kein Grund zur Beunruhigung, aber wenn er sich nicht schone, könne aus der leichten Erschöpfung schnell eine Grippe oder Schlimmeres werden. Und so wie er schwitze – das gefalle ihr auch nicht. Möglich, daß er leichtes Fieber habe, zumal er noch stärker friere als sonst, doch er weigere sich, seine Temperatur messen zu lassen.

Das Wetter, sagte Herr Yamashiro, es sei das deutche Wetter, das ihm Schwierigkeiten mache. Und daß man ihn andauernd zwinge, Wasser zu trinken: Das ganze Wasser müsse er wieder ausschwitzen. In Japan, wenn niemand neben ihm stehe und ihm vorschreibe, was er zu sich zu nehmen habe, schwitze er nie, da seien die Kräfte in seinem Körper vollständig im Gleichgewicht, auch ohne daß er ständig trinke.

Nakata Seiji murmelte, der Meister wisse sicher, was er tue, woraufhin seine Frau zischte, sie sei Verpflichtungen eingegangen, und die werde sie wahrnehmen.

Herr Yamashiro stand auf, steckte das Tuch zurück in den Hosenbund, fauchte Ernst an, er solle zusehen, daß rechtzeitig frischer Mörtel fertig sei, nahm seine Kelle und setzte die Arbeit fort.

7.

Die Verpflichtungen, die einer eingeht, wenn er sich zu einem Meister in die Lehre begibt, bleiben ein Leben lang bestehen, und es gibt unbegrenzte Möglichkeiten, ihnen nicht gerecht zu werden. Ganz gleich, ob dem Schüler die Persönlichkeit des Meisters behagt oder nicht, ob er mit dem, was er gelernt hat, zufrieden ist oder zu der Überzeugung gelangt, viele Jahre seines Lebens bei einem Despoten oder Trunkenbold vertan zu haben, allein die Tatsache, daß der Meister, der einen unbezweifelbaren Rang bekleidet, sich des Schülers angenommen hat, als dieser noch nichts war, hat zur Folge, daß jedes schlechte Wort, das er später über seine Lehre fallen lassen wird, sich auf dem Weg des karmischen Ausgleichs gegen ihn selbst wenden wird. Doch auch diesseits des kosmischen Gleichgewichts bringt sich ein Schüler, der respektlos über seinen Meister redet, schnell ins Abseits, zeigt sich darin doch ein Abfall von all den Werten, die das Zusammenleben der Menschen unabdingbar benötigt, soll nicht jede Ordnung zerfallen.

Ernst war sich der Tatsache bewußt, daß üble Nachrede oder Geheimnisverrat äußerst schwerwiegende Folgen nach sich ziehen könnten, und allein deshalb wäre aus seinem Mund niemals eine abschätzige Bemerkung über Herrn Furukawa gekommen. Doch in Herrn Furukawas Augen stellte bereits die Tatsache, daß Ernst nach dem Ende seiner Ausbildung drei weitere Wochen in Echizen blieb, um bei Nakata Seiji die Zusammensetzung der alten, von Ito Hidetoshi rekonstruierten Glasuren zu lernen, eine schwerwiegende Mißachtung der Schülerpflichten dar. Als ihm zu Ohren kam, daß durch Vermittlung Nakata Seijis womöglich ein Yamashiro-Ofen auf deutschem Boden errichtet werden würde, betrachtete er das Band zwischen sich und Ernst endgültig als zerschnitten, obwohl er selbst bis zu Ernsts letztem Arbeitstag keine Anstalten gemacht hatte, ihm Hilfe beim Bau des eigenen Anagama anzubieten oder sein diesbezügliches Wissen mit ihm zu teilen.

Ernst kehrte im April 1988 nach Deutschland zurück mit der Aufgabe, binnen Jahresfrist sämtliche Schwierigkeiten beiseite zu räumen, die dem Ofenbau im Weg standen.

Nachdem er seine finanziellen Spielräume mit der Familie und dem Bankhaus geklärt hatte, brachte er den Sommer hauptsächlich damit zu, sich nach einem geeigneten Gelände umzuschauen. Ursprünglich hatte er gedacht, sich in der Mitte Westdeutschlands niederzulassen, wo es reiche Tonvorkommen gab und die Keramikherstellung eine jahrhundertealte Tradition hatte, doch nachdem er dort drei Monate lang die unterschiedlichsten Objekte in Augenschein genommen hatte – darunter eine ehemalige Gewürzgurkenfabrik, eine verfallene Schmiede und einen ausrangierten Schlachthof –, mußte er einsehen, daß die Preise im Rheinland, im Westerwald und in Oberhessen selbst für heruntergekommene oder von schlechtem Geist vergiftete Gebäudekomplexe seinen Finanzierungsrahmen weit überstiegen. Die regelmäßigen Anrufe, in denen er Nakata Seiji über den Stand der Dinge informierte, wurden mehr und mehr zur Qual, und Ende August näherte sich Ernsts Zustand einem Grad von Verzweiflung, der es ihm tagelang unmöglich machte, auch nur auf eine Immobilienanzeige zu antworten, geschweige denn, bei einem weiteren Makler vorstellig zu werden.

In seiner Ratlosigkeit stattete Ernst seiner allerersten Lehrerin, Anna Siewerding, einen Besuch ab, die aus dem Norden stammte und ihre Werkstatt nicht weit entfernt vom Berliner Wannsee betrieb. Anna Siewerding kannte Ernsts Empfindsamkeitsattacken, die ihn schon früher gelegentlich gelähmt hatten, und erklärte ihm, daß unter den Bedingungen heutigen Güterverkehrs nicht die geringste Notwendigkeit bestehe, den Ofen in der Nähe einer Tongrube anzusiedeln: Er solle sein Glück vielleicht einmal im Holsteinischen versuchen. Die Gegend blute – wenn man von den Badeorten absehe – wegen der Zonenrandlage und der aktuellen Entwicklung bei den landwirtschaftlichen Subventionen zusehends aus, und sie halte es für wahrscheinlich, daß sich dort ein brauchbares Grundstück zu einem passablen Preis finden werde. Die Nähe zum Meer und das rauhe Klima sollten ihm darüber hinaus entgegenkommen, da sie – anders als die weinseligen Mittelgebirgsgegenden – ihrem Charakter nach durchaus Ähnlichkeit mit der japanischen Landschaft hätten.

Ernst benötigte eine Woche, um seine Lebensplanungen so weit neu auszurichten, daß er sich in der Lage sah, für weitere Besichtigungen Richtung Ostsee zu fahren. Sein Vater sprach mit seinem alten Freund Professor Setzer, der Ernst die Einliegerwohnung in seinem Haus zur Verfügung stellte und sich freute, Geschichten aus der Werkstatt eines echten japanischen Meisters zu hören.

Als Ernst Anfang September in seinem klapprigen Passat bei ihm vorfuhr, hatte der Professor bereits mit dem Makler seines Vertrauens, Hermann Brüker, telephoniert, der nicht nur jedes zum Verkauf stehende Gebäude zwischen Lübeck und Kiel kannte, sondern auch einer der wenigen Vertreter seines Berufsstandes war, dessen Geschäftsgebaren sich innerhalb der Grundregeln sittlichen Handelns bewegte. Am nächsten Morgen holte Hermann Brüker Ernst ab, und sie fuhren im geräumigen, mit funktionstüchtigem Autotelephon ausgestatteten BMW ein knappes Dutzend Objekte in einem Gebiet von dreißig mal achtzig Kilometern an. Ernst besichtigte eine Fischkonservenfabrik aus den zwanziger Jahren, in der sich seit dem Krieg die Raiffeisenfuttermittelstelle Lürzenbeck befunden hatte; einen Schweinemastbetrieb, der eben erst aufgegeben worden war und derart stank, daß dort niemand je eine Keramik kaufen würde; die Bungalow-Villa samt Großgarage eines unlängst in Konkurs gegangenen Bauunternehmers sowie eine Reihe mehr oder weniger stattlicher Landhäuser, die allesamt aus diesen und jenen Gründen für Ernst nicht in Frage kamen. Vier Tage später kehrte er nach Berlin zurück, noch immer ohne Ort für den Yamashiro-Ofen, aber trotz allem hoffnungsfroher, denn zum einen schien ihm die Aussicht, sein weiteres Leben dort an der Küste zu verbringen, entschieden angenehmer als eine Zukunft zwischen Gießen und Koblenz, und zum anderen hatte Hermann Brüker ihm mit der Autorität eines Mannes, dem die Schicksale von Menschen und Häusern vertraut waren, zugesichert, daß er noch vor dem Winter das passende Angebot für ihn finden werde.

Knapp fünf Wochen später rief er Ernst an, der gerade dabei gewesen war, Immobilienangebote in einer französischen Zeitung zu sondieren, und forderte ihn auf, sich sofort nach Kiel zu begeben: Ein alter Bekannter, der vor gut anderthalb Jahren das Pfarrhaus in Rensen erworben habe, sei soeben bei ihm gewesen, und habe darum gebeten, für eben dieses Pfarrhaus schnellstmöglich einen neuen Besitzer zu finden. Es sei ihm in den vergangenen siebzehn Monaten schlicht keine brauchbare Idee gekommen, was er daraus machen solle, jetzt aber könne er es nicht länger halten, da er Kapital benötige, um seinerseits ein unglaublich charmantes Landschlößchen weiter südlich zu finanzieren. Deshalb sei das Pastorat weit unter Marktpreis zu haben, sagte Hermann Brüker, und wenn ihn sein Instinkt nicht völlig verlassen habe, sei es genau das, was Ernst suche.

Nakata Masami trat aus der Hintertür. Das Thermometer zeigte zweiundzwanzig Grad, und der Himmel leuchtete in klarem Blau. Seit dem Morgen waren die ersten Zweige der Bäume mit hellgrünen Blattknospen überzogen. Nakata Masami trug ein schwarzrotes Lacktablett, auf dem ein Glas Wasser stand. Der Kies knirschte. Ihr Blick war auf

einen mit den Schritten wandernden Punkt zwei Meter vor
ihren Füßen gerichtet. Für europäische Augen ähnelte ihr
Gang dem eines batteriebetriebenen Hasen, und nichts deutete darauf hin, daß sich irgendeine Art von Empfindung in
ihr regte.

Herr Yamashiro kniete vor dem, was die linke Seitenwand des Ofens werden würde, strich Mörtel glatt und
setzte den nächsten Stein. Nakata Masami erreichte den
Bauplatz und brachte sich unmittelbar hinter ihm in Stellung. Herr Yamashiro schien ihre Anwesenheit jedoch nicht
auf sich zu beziehen, nahm weiteren Mörtel und verteilte
ihn auf der Mauer. Sie verbeugte sich, was nur der Form
nach eine Geste der Ehrerbietung war, und sagte etwas, das
sich anhörte, als wäre es besser, ihr Folge zu leisten. Hiromitsu-san, der sich in anderthalb Metern Entfernung für
Anweisungen bereithielt, zog den Kopf ein und trat einen
Schritt zurück. Herr Yamashiro unterbrach seine Arbeit,
hob leicht die Kappe und strich sich mit der Hand über
den rasierten Schädel. Weder wandte er sich Nakata Masami zu, noch stand er auf, und was er nach verschiedenen
vorsprachlichen Lauten erwiderte, klang wie entschlosse-
ner Widerspruch. Nakata Masami ließ sich davon jedoch
nicht beeindrucken, sondern wiederholte in beinahe iden-
tischer Tonlage, was sie bereits gesagt hatte. Herr Yamashiro erhob sich jetzt doch. Im nächsten Moment kniff er
Augen und Lippen zusammen, als hielte er einem schar-
fen Schmerz stand, faßte sich in die Nierengegend, stöhnte
auf. Nakata Masami, die selbst für eine Japanerin nicht besonders groß war, überragte ihn um eine halbe Hauptes-

länge, und obwohl sie ihm nicht in die Augen sah, hatte ihr Blick die Durchschlagskraft eines Schwerthiebs. Mit einer knappen Handbewegung deutete sie erneut auf das Wasserglas und sagte Worte, die augenscheinlich gut gewählt waren, denn daraufhin nahm Herr Yamashiro das Glas vom Tablett, verzog angewidert den Mund, trank drei winzige Schlucke und schüttete den Rest mit einer Geste des Abscheus hinter sich auf den Bauplatz.

Damit betrachtete er die Angelegenheit als erledigt, drehte sich weg und griff nach seiner Kelle, doch im selben Moment wurde er von einem neuerlichen Schmerzschub überwältigt, der so heftig war, daß er mit gerade durchgestreckten Beinen rechtwinklig auf den Hintern fiel und sitzen blieb.

Während ihre rechte Hand vom Tablett Richtung Mund schnellte, entfuhr Nakata Masami ein ebenso erschrockenes wie verwundertes »Hu«. Gleichwohl verfiel sie weder in Verwirrung noch in hektische Betriebsamkeit. Sie wies Hiromitsu an, Ernst zu holen, ging in die Hocke und sprach leise auf den wimmernden Herrn Yamashiro ein. Nakata Seiji kam von der anderen Seite des Ofenrumpfs herüber, um sich ein eigenes Bild der Situation zu machen. Er runzelte die Stirn, als er den Meister auf dem Boden sah. Sein Gesicht nahm einen Ausdruck zwischen Ärger und Ratlosigkeit an. Vermutlich konnte er nichts tun. Derartige Situationen gehörten in den Zuständigkeitsbereich seiner Frau – das war im Fall des angeschlagenen Herrn Yamashiro nicht anders als bei weinenden Kindern.

Herr Yamashiro wirkte wie betäubt und brachte zwischen längeren und kürzeren Seufzern mit Mühe hervor, daß ein Schmerz im Rücken – ein sehr starker Schmerz – ihn umgeworfen habe. Jetzt klinge er aber bereits ab, in wenigen Minuten werde er die Arbeit fortsetzen.

Auf gar keinen Fall werde er das, erwiderte Nakata Masami. Sie stand wieder aufrecht, um klarzumachen, daß eine Notsituation eingetreten war und sie die Befehlsgewalt übernommen hatte.

Ernst kam mit dunkelrotem Kopf aus dem Haus, unmittelbar hinter ihm Martina, die einen Verbandskasten trug, gefolgt von Hiromitsu, der wild gestikulierte, ohne daß erkennbar war, was er damit beabsichtigte.

»Immerhin ist er nicht verletzt«, sagte Ernst zu Martina.

»Wenn er umfällt und starke Schmerzen hat, finde ich das weitaus beunruhigender, als wenn er eine Platzwunde hätte.«

»Meinst du?«

»Herzinfarkt, Schlaganfall. Oder irgendein Tumor, der die Nervenbahn blockiert.«

»Um Himmels willen!«

Ernst wechselte ins Japanische und fragte Nakata Masami, was geschehen sei.

Herr Yamashiro habe ja bereits mehrfach in den vergangenen Tagen über Schmerzen in der Nierengegend geklagt, sagte sie, weshalb sie ihn regelmäßig aufgefordert habe, mehr zu trinken, da er sonst womöglich eine Kolik bekommen werde. Sie wisse von ähnlichen Fällen in der Verwandtschaft: Solche Koliken seien kein Vergnügen, vor allem im Ausland nicht. Abgesehen davon, daß sie seinen Töchtern versprochen habe, auf die Gesundheit des Vaters zu achten. Sollte ihm also etwas zustoßen, falle es allein auf sie zurück, sie stünde als diejenige da, die ihren Verpflichtungen nicht nachgekommen sei. Herr Yamashiro habe daraufhin einen Schluck Wasser genommen, und im nächsten Augenblick sei er von einem heftigen Schmerz hingestreckt worden.

Ernst äußerte einige wohl gewählte Worte des Bedauerns und der Sorge, bevor er in Martinas Richtung fragte: »Glaubst du, daß wir ihn zu einem Arzt bringen müssen? – Wahrscheinlich wäre es besser, oder?«

»Ich würde einen Arzt kommen lassen. Er macht mir keinen transportfähigen Eindruck, und es kann wer-weiß-was sein.«

Ernst wandte sich wieder an Nakata Masami und sagte, daß sie sicher – genau wie er selbst – von der Notwendigkeit überzeugt sei, einen Arzt zu rufen.

Nein, warf Herr Yamashiro ein, er halte überhaupt nichts von einem Arzt. Er bemühte sich, seinem Tonfall jede Nuance von Angst zu nehmen. Abgesehen davon habe er auch große Zweifel, ob europäische Ärzte hinsichtlich der Verhältnisse in einem japanischen Körper überhaupt Bescheid wüßten, man könne, schon rein anatomisch, nicht alles über einen Kamm scheren.

Nach dem, was sie gehört habe, zähle die deutsche Medizin weltweit zu den besten und sei qualitativ sicher mit der japanischen vergleichbar, erwiderte Nakata Masami. Es sei angesichts seines Zustands absolut unumgänglich, daß er durch einen Arzt untersucht werde, nicht nur, damit er den Ofen tatsächlich vollenden könne, sondern auch weil seine schöne Zeit in Deutschland, die doch einen Höhepunkt seines Lebens darstelle, durch die Schmerzen sonst ohne Freude sein werde.

»Wenn du mich fragst, kippt er gleich wieder um«, raunte Martina.

Im selben Moment entfuhr Herrn Yamashiro ein heiseres Ächzen, auf der Stirn bildeten sich Schweißperlen, und seine rechte Hand krampfte sich um den Holzgriff der Maurerkelle, die er noch nicht wieder beiseitegelegt hatte.

»Ich rufe einen Krankenwagen«, sagte Ernst und lief ins Haus.

Nakata Masami wirkte einen Moment lang ärgerlich, so daß Martina mit ausgestrecktem Zeigefinger das Drehen einer Wählscheibe in die Luft zeichnete, die Hand zum Ohr führte, als hielte sie einen Hörer, und mehrfach die Worte »Telephon« und »Doktor« wiederholte.

Als der Schmerz ein wenig nachgelassen hatte, griff Nakata Seiji dem stöhnenden Herrn Yamashiro unter die Arme und drehte ihn so, daß er mit dem Rücken an der Ofenmauer lehnte.

Er saß da, schwer atmend, in der einen Hand die Kelle, in der andern seine Schirmmütze.

Ob er jetzt vielleicht etwas Wasser trinken wolle, fragte Nakata Masami, hauptsächlich um Herrn Yamashiro noch einmal deutlich zu machen, wie recht sie mit ihrer Forderung gehabt hatte, doch Herr Yamashiro wischte die Frage weg wie eine Fliege vor der Nase.

Es dauerte zehn Minuten, bis der Krankenwagen mit Martinshorn und Blaulicht in die Einfahrt des Pastorats

bog. Aus den Türen der beiden Nachbarhäuser trat jeweils
eine Frau unbestimmbaren Alters, die eine in beigefarbener
Popelinehose zu rotem Pullover, die andere trug eine blau-
weiß karierte Kittelschürze. Beide blieben eine Zeitlang in
ihrem jeweiligen Vorgarten stehen, den Blick gerade auf
die Baustelle gerichtet, näherten sich dann aber Schritt für
Schritt der Straße.

Da Herr Yamashiro sich geweigert hatte, den Arbeitstag für beendet zu erklären und sich auf seinen Futon zu
legen, hatte Ernst ihm schließlich einen Stuhl geholt. Dort
saß er kerzengerade und beaufsichtigte Nakata Seiji, der
nach ausdrücklicher Aufforderung durch den Meister damit fortfuhr, die linke Seitenwand aufzumauern.

Ein riesenhafter Arzt mit fettigem, am Kopf klebendem
Haar und verschwommenen Zügen stieg aus dem Wagen,
gefolgt von einem jüngeren Sanitäter oder Zivildienstlei-
stenden. Herrn Yamashiros Wangen verloren den letzten
Rest Farbe, als er den Hünen im weißen Kittel durch das
Holztor treten sah.

»Weder abgesägte Finger noch zerquetschte Füße«, sagte
der Arzt halblaut zu dem Sanitäter: »Was hatten sie hier
noch gleich für ein Problem?«

»Einen zusammengebrochenen Japaner.«

»Tag allerseits... Konichi... – Wie war das?«

»... wa!«, sagte der Sanitäter. »Konichiwa.«

Niemand reagierte darauf.

Ernst verbeugte sich und sagte: »Gut, daß Sie gleich gekommen sind, Herr Doktor. Das Ganze ist etwas heikel,
unser japanischer Gast...«

»Sie brauchen mir nichts zu erklären, ich kenne das alles mit den illegalen Ausländern auf Baustellen: Keine Steuerkarte, keine Krankenversicherung. Schauen wir erst mal, dann sehen wir weiter. Geholfen werden muß ihm ja sowieso, schon von Rechts wegen.«

»Nein, entschuldigen Sie, es ist nichts in der Art: Natürlich wurde sein Aufenthalt ordnungsgemäß angemeldet mit den entsprechenden Anträgen, die auch genehmigt sind, das Problem ist hauptsächlich...«

»Guten Tag, Herr... – Sprechen Sie Deutsch?«

Herr Yamashiro verstand, daß er gemeint war. Normalerweise hätte er auf japanisch geantwortet oder gelacht, bis alles zur Zufriedenheit aller geklärt gewesen wäre, jetzt aber sah er bleich und hilfesuchend von Nakata Seiji zu Masami und ließ einen langgezogenen Seufzer vernehmen.

»Leider nein«, sagte Ernst.

»Aber Sie übersetzen. Das reicht ja. Wie war der Name?«

»Yamashiro Tatsuo-Sensei. Er ist in Japan ein berühmter Ofenbaumeister und leitet bei uns dieses deutsch-japanische Kooperationsprojekt.«

»Und bis jetzt ging es ihm gut?«

»Er hat in den vergangenen Tagen einige Male über Schmerzen in der Nierengegend geklagt. Offenbar sind diese Schmerzen aber eben, vor ungefähr einer halben Stunde – ich war leider nicht dabei – so heftig geworden, daß es zu einer Art Zusammenbruch gekommen ist.«

Herr Yamashiro versuchte aufzustehen, um sich zu verneigen, wie es sich einem Arzt gegenüber gehört hätte, fiel aber sogleich zurück auf den Stuhl.

»Wir gehen ins Haus, Sonne hin, Frühling her. – Hol mal den Rollstuhl, daß wir ihn rüberschieben.«

Beim Anblick des Rollstuhls schloß Herr Yamashiro die Augen, als wäre ihm die Nachricht seines unmittelbar bevorstehenden Todes überbracht worden.

»Ich sag' Ihnen das nur schon mal: Wenn es ist, was ich vermute, werden wir ihn mitnehmen müssen, und dann läuft hier erst mal gar nichts mehr.«

Herr Yamashiro hatte seine Fassung wiedergefunden und ließ sich im vollen Bewußtsein seiner meisterlichen Würde im Rollstuhl nieder.

Als alle im Hauptraum des Hauses angekommen waren, sagte der Arzt: »Ich brauche nur den Dolmetscher, alle anderen sollen jetzt mal verschwinden.«

Martina hatte sich bereits lautlos aus dem Zimmer geschoben, während Ernst etwa zehnmal so viele Worte auf Japanisch benötigte, ehe sich das Ehepaar Nakata samt Kindern und Hiromitsu zur Tür begaben.

»Sag ihm mal, er soll den Oberkörper freimachen.«

Herr Yamashiro überlegte einen Augenblick, ob es tatsächlich ratsam war, den Anweisungen eines ausländischen Arztes Folge zu leisten, fürchtete aber weitere Schmerzattacken mehr als die Unwissenheit der fremden Medizin und fügte sich.

»Frag ihn, ob er Blut im Urin hatte.«

Die Frage gefiel Herr Yamashiro nicht. Er hielt seine Antwort zunächst im Vagen und nuschelte so, daß Ernst dreimal nachfragen mußte, ehe er zugestand, daß womöglich Verfärbungen im Strahl erkennbar gewesen seien.

»Mal tief einatmen.«

Der Arzt hieß ihn, sich vorzubeugen und zurückzulehnen, drückte hier und dort, Herr Yamashiro zuckte einige Male zusammen, so daß Ernst seine Antworten auf die mehrfach wiederholte Frage, ob es weh tue, nicht übersetzen mußte.

Schließlich holte der Arzt ein Fieberthermometer aus dem Koffer und schob es Herrn Yamashiro in den Mund: »So'n Ding kennen die in Japan sicher auch, das muß man ihm nicht erklären, oder?«

»Natürlich. Dort haben die Thermometer schon eine Digitalanzeige und geben einen Piepton von sich, sobald der Meßvorgang abgeschlossen ist.«

Herr Yamashiro schien seinen Widerstand aufgegeben zu haben.

Der Arzt schaute auf die schwere Uhr an seinem dicht behaarten Handgelenk und zog ihm das Thermometer aus dem Mund: »Achtunddreißig Komma fünf«, sagte er. »Das gefällt mir in der Tat weniger.«

»Was glauben Sie, was er haben könnte«, wollte Ernst wissen.

»Ich schätze mal, daß es in Richtung Nierensteine geht. Wahrscheinlich hat sich etwas festgesetzt. – Wo genau, das sehen dann die Kollegen in der Klinik im Ultraschall. Und es scheint, als ob schon eine Nierenbeckenentzündung im Anmarsch wäre, darauf deutet jedenfalls die erhöhte Temperatur hin. Wir werden ihn jetzt einpacken und ins Krankenhaus bringen. Sie fahren mit. Japanisch spricht da sicher keiner.«

8.

Im Unterschied zu Japan ist der Geisterglaube in Deutschland kaum mehr verbreitet, was manches einfacher macht und anderes komplizierter. Als Ernst an einem nebelgrauen Oktobertag erstmals im Garten des alten Pastorats von Rensen stand, zwischen den gewaltigen Kastanien, die ihre letzten Blätter verloren, hatte er keinen Zweifel, daß dies der Ort wäre, an dem er seine Werkstatt einrichten wollte, obwohl er zugleich ein Unbehagen spürte, das sich keiner sichtbaren Ursache zuordnen ließ. Die Verstörung stand gleichberechtigt neben der Absicht, Haus und Grundstück zu kaufen. In einer Schicht seines Inneren widersprachen beide Regungen einander, aber auf der Ebene darunter ahnte er, daß die Gründe der Irritation, die das Gebäude in ihm auslöste, untrennbar mit einem Kraftfeld verbunden waren, dessen Geheimnisse seinen Gefäßen eines Tages eine besondere Tiefe verleihen würden.

»Und? Habe ich zu viel versprochen? Da werden die japanischen Kollegen staunen, schätze ich mal«, sagte Ludwig Brüker. »Immer vorausgesetzt, du nimmst den Kasten.«

»Eher würden Sie sich wundern, wieviel Geld man in Japan mit Töpfern verdienen kann, wenn Sie die Anwesen der berühmten Keramiker dort sähen.«

Zu beiden Seiten des Eingangs ragte eine Kiefer hoch auf, dahinter bedeckte Efeu die Hälfte der Vorderfront. Eine Eisengußlaterne, deren Scheiben jemand zerschmissen hatte, stand zwischen wuchernden Sträuchern in einem asymmetrisch plazierten, mit Natursteinen umfaßten Rundbeet.

Während Ernst noch damit beschäftigt war, das Gewirr seiner widerstreitenden Gedanken in eine funktionstüchtige Ordnung zu bringen, ließ sich ein einzelner Krähenvogel auf dem Dachfirst nieder und beäugte die beiden Männer am Treppenabsatz, die offenbar Absichten verfolgten, die hier schon lange niemand mehr gehabt hatte.

»Ist das ein Rabe?«, fragte Ernst.

»Keine Ahnung. Rabe, Krähe, Dohle ... Alle schwarz.«

Ludwig Brüker, der den Rätseln von Plätzen und Gebäuden über die oberflächliche Kenntnisnahme hinaus keinen Raum in seinem Denken gab, steckte beherzt den Schlüssel ins Schloß und hatte schon die Tür geöffnet, ehe das Durcheinander in Ernsts Kopf zu einem Fluchtimpuls werden konnte.

»Riecht bißchen muffig, ist aber normal. Schließlich hat hier seit fast zwei Jahren niemand mehr gewohnt. Dafür geht es noch.«

»Aber das Mauerwerk ist nicht feucht?«

»Wir haben beim letzten Mal, als Werninger das Ding gekauft hat, alles von Fachleuten untersuchen lassen: Die Gebäudesubstanz ist absolut einwandfrei.«

Ernst setzte seine Schritte mit äußerster Vorsicht, spürte mehr den Echos von Raum und Untergrund in seinem Innern nach, als daß er auf seine Augen vertraute. Die dikken Ziegelmauern schluckten den Hall und nahmen dem Knirschen der Dielenböden das Schauerliche. Kaum ein Außengeräusch drang herein. Ludwig Brüker öffnete die Tür zum Kaminzimmer mit Schwung. Eine Maus flüchtete, verschwand hinter der Sockelleiste.

»Immerhin ist es nicht gänzlich unbewohnt«, sagte Ernst.

Ludwig Brüker lachte und fuhr fort: »Ich kann dir ein bißchen was über die Geschichte des Hauses erzählen, wobei – viel ist es nicht. Wahrscheinlich erfährst du mehr, wenn du dich bei den Alteingesessenen erkundigst. Es gibt eine Kneipe im Dorf, wo sie alle sitzen und Schnaps trinken.«

»Ich trinke ja nicht.«

»Das sagtest du. Aber vielleicht kannst du bei Gelegenheit eine Ausnahme machen. Allein wegen der gutnachbarschaftlichen Beziehungen. – Gebaut wurde es jedenfalls 1869, und zwar aus massivem Backstein. Genau wie im Mittelalter. Temperatur- und Feuchtigkeitsregulierung sind also optimal, vorausgesetzt du brauchst es nicht zu warm. Aber nach drei Jahren Japan mit Papierwänden dürfte das kein Problem sein. Abgesehen davon sagt man inzwischen ja auch, daß die trockene Heizungsluft gar nicht gesund ist.«

In der Deckenmitte, wo eine Lampenfassung mit nackter Glühbirne hing, war ein Stuckkreis aus einfachem Blattwerk aufgesetzt, der seine Entsprechung in einem Giebel-relief über dem Kaminsims hatte. An der Rückwand des Kamins befand sich eine mächtige Ofenplatte mit dreifacher Wappenlilie.

Ernst bewegte sich sehr langsam, drehte sich, ging dann rückwärts weiter, so daß er die Wand im Blick behalten konnte. Er spürte einen Schauer den Rücken hinunterlaufen, der weder von der Kälte noch von der Feuchtigkeit herrührte, schüttelte sich und stand nun kurz vor den Fenstern.

»Sehr eindrucksvoll«, sagte er.

»Die haben nicht schlecht gelebt früher, die Pfarrherren – Jesus hin, Armut her.«

Ernst nickte bedächtig, während seine Augen sich in die Wand gegenüber zu bohren schienen.

»Das muß aber natürlich nicht immer mit Besinnung und innerem Frieden einhergegangen sein«, sagte er.

Ludwig Brüker, der ihn bis dahin für sympathisch, aber hoffnungslos vertrottelt gehalten hatte, horchte plötzlich auf und sagte, um zu prüfen, ob alles mit rechten Dingen zuging: »Das bestimmt nicht. Manche haben es sich gut gehen lassen, einige sicher auch zu gut… Was das Weltliche anbelangt. Es soll sogar welche gegeben haben, denen regelrecht der Glaube abhandengekommen ist, entweder vor lauter Schnaps und Schweinebraten oder angesichts des allgemeinen Elends. Aber der Pfarrbetrieb ist ja nun schon länger eingestellt.«

»Wissen Sie etwas über die Zeit, als das hier ein richtiges Pfarrhaus war?«

»Nach dem Krieg muß es Einquartierungen von Flüchtlingen aus dem Osten gegeben haben. Ziemlich viele Leute, Frauen und Kinder vor allem. Oben sind ja auch noch sechs Zimmer. Der Pfarrer damals hieß Alfred Sörensen, wenn ich mich recht entsinne. Ende der Fünfziger hat sein Sohn die Stelle übernommen, Hermann. Der soll ein weniger glückliches Händchen gehabt haben … Wie gesagt, in der Kneipe findest du bestimmt jemanden, der dir da etwas erzählen kann.«

»Es ist deutlich zu spüren, daß hier das ein und andere wirkliche Drama stattgefunden hat.«

»Wohin, wenn nicht zum Pfarrer, sollen die Leute gehen, wenn sie Probleme haben. Insofern … Aber das muß dich ja nicht kümmern.«

»Man sollte sich halt schon über solche Dinge im Klaren sein, wenn man eine Lebensentscheidung dieser Tragweite trifft.«

»Gut, irgend etwas hat in unseren Breiten immer stattgefunden. Jungfräulichen Boden gibt es quasi nicht. Es kann dir auch passieren, daß du Bauland vermittelst, und dann sitzt der Käufer plötzlich auf einem fünftausend Jahre alten Hügelgrab, wo man den Hügel schon früher abgetragen hat, nur das Grab ist noch da – und daneben steht der Mann vom Denkmalamt. Hab' ich alles schon erlebt.«

Ernst schien plötzlich in einen Zustand der Abschottung hinüberzugleiten. Er kniff die Augen zusammen, verzog schmerzhaft den Mund, ging einige Schritte vor, blieb stehen, starrte den Dielenboden rechts der Tür an, faßte sich an die Stirn, holte tief Luft, so daß Ludwig Brüker es für einen Moment mit der Angst zu tun bekam.

»Hier an dieser Stelle muß etwas Furchtbares passiert sein.«

Ludwig Brüker wurde rot, was seit mindestens zwei Jahrzehnten nicht mehr vorgekommen war, sagte allerdings nur: »Diese ganzen Nachkriegsschicksale ... Da ist manch einer mit sich und seinem Leben nicht mehr zurechtgekommen. Das war damals so. Aber es ist ja weitergegangen – zum Glück geht es immer weiter.«

»Es wird nicht einfach«, sagte Ernst, mehr zu sich selbst, in einem Ton zwischen Zweifel und Ergebenheit. Dann wandte er sich abrupt um, atmete tief durch und schaute aus dem Fenster durch die hinteren Gartenanlagen mit verwilderten Zierpflanzen und Gemüsebeeten auf das kleinere Nebengebäude. Es war ebenfalls aus Backsteinen gemauert, trug ein einfaches Satteldach und würde sich perfekt für die Werkstatt eignen.

»Das war der Stall, als die Pfarrherren noch Kutsche fuhren und ihre eigenen Schweine hatten.«

»Was ist das da links?«, fragte Ernst und deutete auf eine schlammige Senke, in der Binsen, welke Schilfstengel und einige mannshohe Stauden mit verwelkten Blüten standen. »Ist das ein natürlicher Sumpf oder hat da jemand versucht, einen Gartenteich anzulegen?«

»Alles Natur. Weiter hinten fließt die Lüchte in den See, und je nachdem, wie hoch dort das Wasser steht, wird es in der Senke ein bißchen morastig. Das reicht glücklicherweise nicht bis an die Fundamente.«

»Ich würde es mir trotzdem gern von nahem ansehen.«

»Wegen des Riesenbärenklaus brauchst du dir keine Gedanken zu machen. Ich habe da einen schwedischen Spezialisten an der Hand, der würde sich darum kümmern.«

»Ich kenne die Pflanze nicht, aber sie wirkt bedrohlich.«

»Riesenbärenklau ist in der Tat heikel als Gartenbewohner, es wurde ja viel in den Zeitungen darüber geschrieben letztes Jahr, aber keine Sorge, das kriegen wir in den Griff.«

»Es wäre mir lieb, wenn es ohne massiven Chemiewaffeneinsatz ginge.«

»Ingvar hat da eine Spezialmethode, er spritzt einen Wirkstoff direkt in die Wurzel, die wird später ausgegraben und fachgerecht entsorgt.«

Ernst verzog die Mundwinkel.

»Wir können jetzt auch mal in den früheren Stall schauen. Werninger hatte ja die Idee, das ganze Anwesen zu einer Art Gesundheitshotel umzubauen, und da wollte er einen Massage- und Saunabereich einrichten. Leider ist er nicht sehr weit gekommen, und am Ende ist ihm das Geld ausgegangen. Mir soll es recht sein, jetzt vermittel' ich es halt ein zweites Mal. – Links daneben wäre übrigens der Platz, wo ich gedacht hatte, wenn ich deine Beschreibung richtig verstanden habe, daß er groß genug wäre, um so einen Anagramm-…«

»Anagama.«

»Genau: Wo man den Ofen hinsetzen könnte. – Vom kommunalen Bebauungsplan her dürfte das auch kein Problem sein. Ich habe mich schon mal erkundigt. Die Gemeinde versucht seit längerem, hier so etwas wie eine Künstlerkolonie anzusiedeln, um ein paar Touristen herzulocken, daß die nicht alle immer nur am Strand herumliegen. Insofern fand der Baudezernent das mit dem Japanischen sowieso interessant, seine Frau lernt wohl auch Ikebana, das machen ja viele heute.«

Er führte Ernst durch die Küche zum Hinterausgang. Sie traten ins Freie unter ein morsches, ebenfalls efeuüberwuchertes Vordach. Rechts des Stallgebäudes befand sich ein Treibhaus, daneben eine massive Balkenkonstruktion, um Schaukeln aufzuhängen.

»Du siehst«, sagte er und schlug Ernst auf die Schulter, »es ist an alles gedacht: Wenn die Freundin mitspielt und deine Töpfe der Renner werden, kannst du hier ohne Probleme zehn Kinder großziehen.«

Der Zukunft wird immer sehr viel Platz eingeräumt, dabei kann sie von heute auf morgen vorbei sein.

»Wir werden wohl erst mal nach Berlin zurückfahren«, sagte Thomas Gerber. »Es hat wenig Sinn, wenn wir jetzt zwei Wochen hier herumsitzen. Das macht euch bloß noch mehr verrückt.«

»Wir müssen abwarten«, sagte Ernst.

»Ich hatte kurz überlegt, ob es vielleicht gut wäre, zu bleiben und zu sehen, wie sich das Warten auf uns beziehungsweise auf euch auswirkt, da könnte man ja auch etwas zeigen, was mit Zen zu tun hat, also inwieweit das speziell bei dir, Ernst, jetzt schon zu so einer inneren Ruhe geführt hat, daß dir die ganze Situation wie eine spirituelle Übung erscheint. Doch Werner meinte, und da hat er sicher Recht, es wirft einfach zu wenig Bilder ab, das Warten, ich könnte höchstens mit dir ein Gespräch über die Leere führen, die sich durch den Ausfall von Herrn Yamashiro natürlich noch mal anders konkretisiert.«

»Von mir aus gerne«, sagte Ernst. »Aber es würde vielleicht an den Haaren herbeigezogen klingen. Schließlich ist das hier kein buddhistisches Kloster, sondern eine Baustelle.«

»Eben. Und wenn ich damit anfange, muß ich es auch weitererzählen, also wir müßten zu Herrn Yamashiro ins Krankenhaus, ihn dort filmen, vielleicht mal mit den Zimmergenossen reden, um deutlich zu machen, was der Unterschied ist, wenn so eine unerwartete Krankheit einen echten Meister trifft, aber das würde den Rahmen des Films endgültig sprengen. Und trotz Sponsor: Das Material mit Entwicklung und allem kostet schon auch eine Menge Geld.«

Martina saß mit dem Rücken zum Tisch, sah aus dem Fenster und wärmte sich ihre feingliedrigen Hände an einem schweren, dunkelgelb glasierten Teebecher aus der Geschirrkiste, die Nakata Seiji zwei Wochen vor seiner Ankunft geschickt hatte. Draußen schlugen täglich weitere Bäume und Sträucher aus. Yoshi und Akira kickten lustlos einen Plastikball zwischen die Pfosten der Schaukel.

»Fährst du auch zurück?«, fragte Ernst.

»Eigentlich …«, sagte sie und ließ das Wort stehen, daß jemand anderer es aufnähme.

Thomas warf Ernst von der Seite einen prüfenden Blick zu und sagte, zu Martina gewandt: »Du wolltest doch bei Matthias anrufen, ob er dich nicht aushilfsweise für den Ü-Wagen brauchen kann.«

»Habe ich schon. Kann er nicht. Frühestens ab nächsten

Donnerstag, und dann gleich für eine volle Woche, das war mir zu riskant.«

»Verstehe. Ich wäre auch wirklich dankbar, wenn du dich noch ein bißchen für uns freihalten würdest. Aber die nächsten Tage ist hier wahrscheinlich erst mal nichts los.«

»Stimmt schon. Nur wenn ich jetzt nach Berlin fahre, hänge ich wieder den ganzen Tag im Café und dann bis morgens in der Kneipe: Erstens geht das wahnsinnig ins Geld und zweitens an die Nerven.«

»Du kannst gern hierbleiben und ausspannen, wenn du möchtest, Platz haben wir genug«, sagte Ernst. »Bis zum Strand sind es ungefähr fünfzig Minuten zu Fuß. Leider gibt es keine Busverbindung.«

»Einfach ein paar ruhige Tage am Meer, das klingt ziemlich verlockend.«

»Mußt du selber wissen«, sagte Thomas Gerber. »Wir brechen gegen zwei, halb drei auf. Wenn du mitfährst, fährst du mit, wenn nicht, dann halt nicht.«

»Vielleicht mache ich das tatsächlich: hierbleiben. – Oder störe ich jemanden?«

»Überhaupt nicht. Ich muß mich halt in dieser etwas undankbaren Doppelrolle als Hausherr und als derjenige, der die ganze Malaise zu verantworten hat, um die Japaner kümmern, vor allem natürlich um den Meister, das heißt, ich werde ein- bis zweimal täglich mit Nakatas nach Lübeck fahren und kann dir kein sehr aufmerksamer Gastgeber sein.«

»Wieso bist du für die Krankheit von Herrn Yamashiro verantwortlich?«

»Na ja … Das ist schwer zu erklären. In Japan reicht die Verantwortung weiter als bei uns. Das hängt wahrscheinlich mit dem Karma-Begriff zusammen: Derjenige, der eine Situation herbeiführt und ihre Rahmenbedingungen schafft, hat vorher, egal ob willentlich oder nicht, durch die Summe seines Verhaltens in dieser Welt – das kann durchaus auch frühere Inkarnationen einschließen – die Ursachen für alle Vorgänge innerhalb des gesamten Geschehens gelegt, und das heißt …«

»Hart.«

»Wir tun uns ein bißchen schwer mit diesem Denken. Andererseits sind natürlich die Wirkungsgefüge, in denen wir uns befinden, räumlich und zeitlich äußerst komplex.«

»Entschuldige, daß ich noch mal nachfrage: Du meinst, Nakatas nehmen dir übel, daß Herr Yamashiro krank geworden ist? – Das kann doch wohl nicht sein.«

»So direkt würden sie es sicher nicht sagen, jedenfalls nicht in Form konkreter Vorwürfe. Und Verantwortung in diesem umfänglicheren Sinn ist auch nicht gleichbedeutend mit persönlicher Schuld.«

Ernst sah, daß Martinas Gedanken von seinen Ausführungen wegglitten und statt dessen einer Bewegung draußen vor den Fenstern folgten.

»Da kommt Herta Mölders«, sagte sie. »Mit Korb. Dann gibt es vermutlich etwas zu essen. Das ist doch mal eine gute Nachricht. Vielleicht kannst du es auf deinem Haben-Konto verbuchen.«

»Auch das noch.«

Im selben Moment klingelte die Glocke, die anzeigte, daß jemand durch den Hintereingang hereingekommen war, die Küchentür öffnete sich, und Herta Mölders rief mit ihrer äußerst durchdringenden Stimme:»Hallo! Ich bin's. Ich mußte doch mal nach dem Rechten sehen. Außerdem gibt es bei uns als Tagesgericht Frikadellen, da dachte ich, der Meister wird…«

Ernst stand auf, ging ihr drei Schritte entgegen und sagte: »Herr Yamashiro ist im Krankenhaus.«

»Ach Gott! – Ich hatte mich schon gefragt, gestern, als ich den Krankenwagen kommen sah, ob wohl ein Unfall passiert ist. Abends am Tresen sagte dann Friedrichsen, sie hätten jemanden mitgenommen von euch, aber wen, wußte er natürlich nicht.«

Sie stellte mit großer Geste ihren Korb, aus dem wiederum der Hals einer Schnapsflasche ragte, auf den Tisch. Zwiebeldämpfe breiteten sich im Raum aus.

»Jetzt wollte ich ihm, wo er neulich von den Mettbrötchen doch so begeistert war, mal unsere Frikadellen zum Probieren bringen. Ganz frisch gemacht heute morgen, nach dem Rezept meiner Mutter. So etwas kennen sie in Japan bestimmt nicht. Bis jetzt haben sie noch jedem geschmeckt. – Was hat er denn, der arme Mann?«

»Er hat ja schon seit einigen Tagen über Schmerzen im Rücken geklagt und dann auch ein leichtes Fieber bekommen, so daß wir erst dachten, es ist vielleicht ein grippaler Infekt, aber dann wurde es so schlimm, daß er zusammengebrochen ist. Dem derzeitigen Stand der Untersuchungen zufolge müssen sich wohl ein … oder mehrere Harnleitersteine verklemmt haben, mit der Folge, daß der Abfluß aus der Niere gestaut wurde. Daraufhin hat sich die Niere entzündet.«

»Um Gottes willen. Das sind ja auch schreckliche Schmerzen. Und wenn einem das dann im Ausland passiert – ich meine, für ihn ist das ja Ausland hier, so gesehen. Und was haben sie vor, damit er wieder gesund wird?«

»Heute morgen – wir waren ja bis vorhin dort, dann haben sie uns weggeschickt, weil erst weitere Untersuchungen gemacht werden müssen. Es hieß jedenfalls, daß sie probieren wollen, die Steine mit einer Art Katheterwerkzeug freizubekommen, so daß sie im Idealfall mit dem Urin abgehen können.«

»Da denkt man immer als Frau, wenn man älter wird, hat man diese ganzen Molesten da unten, aber was ich so höre, ist der Apparat bei euch Männern auch ganz schön störanfällig, und dann kommt man auch überall noch so schlecht ran.«

Thomas Gerber, der in ihrem Rücken stand, schüttelte den Kopf, verdrehte die Augen und sagte: »Gegen eine Bulette hätte ich nichts einzuwenden.«

»Wird hier denn überhaupt noch gefilmt? – Das sieht eher nach Aufbruch aus.«

»Wir gehen davon aus, daß der Meister bald wieder gesund wird«, sagte Thomas, und Ernst fuhr fort: »Wenn das mit der Katheter-Methode klappt, kann er in einer guten Woche weiterarbeiten.«

»Und ihr kommt dann auch zurück?«

»So ist es jedenfalls geplant.«

»Es wäre schade für den Film, wenn das alles nichts
würde.«

»Davon wollen wir nicht ausgehen.«

»Wie ich Werner kenne, nimmt er sicher auch gerne eine
Bulette, bevor wir fahren.«

»Immer mit der Ruhe. Es wäre ja Quatsch, wenn ich sie
wieder mitnehmen würde, wo ich sie nun schon mal hier
herübergetragen habe und alles. Aber zuerst die Japaner.
Die sind schließlich unsere Gäste.«

9.

Unglücklicherweise zeigten die Steine in Herrn Yamashiros Harnleiter keinerlei Neigung, sich den Neuentwicklungen moderner Medizintechnik zu ergeben und seinen Körper auf natürlichem Weg zu verlassen. Der leitende Urologe der Universitätsklinik Lübeck, Professor Dr. Hagedorn, erklärte Ernst, er sehe keine andere Möglichkeit als zu operieren und zwar sehr bald, da sonst eine irreparable Schädigung der Niere drohe, womöglich sogar eine Sepsis, wobei er nicht gleich den Teufel an die Wand malen wolle.

»Aber im Großen und Ganzen hat er sich gut eingefügt«, sagte Schwester Agnes, deren Aufgabe im Gespräch nicht unmittelbar zu erkennen war. »Es ist ja keine einfache Situation für ihn hier – auch unabhängig vom Unwohlsein und den Schmerzen: Er versteht kein Wort, kennt die hiesigen Sitten nicht, also wenn ich mir vorstelle, daß ich in einem japanischen Krankenhaus läge – Gott bewahre.«

Ernst übersetzte die Ausführungen des Professors für Nakata Masami und Nakata Seiji. Um sich ohne Rücksichten beraten zu können, ehe sie mit Herrn Yamashiro sprachen, standen sie auf dem graugrünen, fensterlosen Klinikflur, von dem zu beiden Seiten die Zimmertüren abgingen.

Nakata Seiji, der, wenn nicht zu europäischem Pessimismus, so doch zu einer dunklen Sicht der Schicksalsmächte neigte, sah keine Lösung in keiner Richtung, und sagte lediglich, das klinge alles schlecht, sehr schlecht, während seine Frau nach einem kurzen Schock zu dem Schluß kam, man müsse Herrn Yamashiro unmißverständlich klarmachen, daß es keine Alternative zu dieser Operation gebe, wenn ihm sein Leben lieb sei. Wie sie die Lage den Töchtern gegenüber darstelle, werde sie später entscheiden, einstweilen halte sie es für besser, sie gar nicht zu informieren, da sie sonst versuchen würden, ihn ausfliegen zu lassen, koste es, was es wolle. In einem Nebensatz zischte sie Akira an, der sich mit dem Kopf gegen die Wand lehnte, er solle sich gerade hinstellen, und fuhr fort: Es gebe so viele bedeutende Keramiker, die Herrn Yamashiro Dankbarkeit schuldeten, daß sich vermutlich einer finden würde, der keine andere Möglichkeit der Entlastung sähe, als den Krankentransport zu finanzieren. Dabei denke sie noch gar nicht an Kaito, den ältesten Sohn Ito Hidetoshis, der ohnehin alles täte, um die Pläne seines Vaters zu vereiteln, zumindest wenn Seiji für ihre Umsetzung ausersehen worden sei – gleichwie: Dann sei Herr Yamashiro jedenfalls erst mal weg aus Deutschland, und vermutlich werde man seine Familie nie wieder dazu bewegen können, einer solchen Reise zuzustimmen.

Ernst pflichtete ihr bei, schlug aber vor, daß trotz allem er die Aufgabe übernehme, Herrn Yamashiro zu überzeugen, denn ihm sei das deutsche Krankenhauswesen vertraut, deshalb könne er sich glaubhafter für die Kunst der hiesigen Ärzteschaft verbürgen.

Professor Hagedorn stand daneben und runzelte die Stirn, auch wenn er kein Wort verstand.

Um sich zumindest abzusichern, fragte Ernst: »Ein Transport nach Japan ist in seinem jetzigen Zustand wahrscheinlich nicht vorstellbar, oder?«

Der Professor hob eine Augenbraue, schlug kurz das Klemmbrett mit dem Krankenblatt auf die flache Linke, offensichtlich bemüht, seine Verärgerung über die Frage zu kaschieren, und sagte: »Abgesehen davon, daß die Operation für uns ein Routineeingriff ist, würde ich in der Tat dringend davon abraten, den Patienten zwanzig Stunden oder noch länger ohne medizinische Versorgung durch die Weltgeschichte fliegen zu lassen. Die Risiken sind nicht kalkulierbar.«

»Hören wir erst mal, wie Herr Yamashiro sich dazu stellt. Vielleicht löst sich ja alles in Wohlgefallen auf«, sagte Ernst und öffnete die Tür.

Herr Yamashiro lag als vierter Mann in einem Dreier-Zimmer. Sein Bett stand, da kein regulärer Platz frei gewesen war, zu Füßen der anderen Zimmerinsassen quer vor der Wand, so daß er nicht auf den Fernseher schauen konnte, während im Gegenzug seine Mitpatienten ihn und alles, was er tat, unentwegt im Blick hatten. Die beiden älteren von ihnen waren an der Prostata operiert worden, der dritte, ein bläßlicher Endzwanziger mit blondem Schnauzbart, hatte einige Tage zuvor eine Spenderniere erhalten. Die Gesichter der drei Männer wandten sich in einer einzigen Bewegung der Tür zu, wohingegen Herr Yamashiro, unabhängig von der Frage, wem der Besuch galt, regungslos aus dem Fenster in den lieblos angelegten Park schaute, den auch der Frühling nicht retten konnte.

»Guten Tag, die Herren«, sagte Professor Hagedorn.

»Wie geht es Ihnen? Ich hoffe, Sie kommen klar mit unserem japanischen Gast.«

»Er verhält sich ja sehr ruhig, insofern: Mich stört er nicht.«

»Im Gegenteil, man hat ein bißchen Abwechslung und sieht mal etwas anderes.«

»Schon interessant. Allein wie der mit den Stäbchen seine Kartoffeln ißt, das geht ruck, zuck, da kann man bloß staunen, selbst mit den Erbsen klappt es mühelos.«

Herr Yamashiro schien, obwohl die Steine sich weder hatten bewegen noch zertrümmern lassen und die Entzündung sich nur dank massiven Antibiotika-Einsatzes nicht verschlimmerte, im Großen und Ganzen zufrieden mit seiner Lage, lachte ein tonloses Lachen und nickte heftig.

Professor Hagedorn nahm eine offizielle Haltung an und fragte: »Englisch versteht keiner, oder?«

»Nicht so, daß es Sinn hätte, komplexere Sachverhalte mit Fachvokabular zu erläutern.«

Er räusperte sich, schaute auf das Krankenblatt und begann, seine Ausführungen auf Deutsch, wobei er überdeutlich und sehr langsam sprach, damit Ernst synchron übersetzen konnte. Als er an die Stelle kam, wo Herrn Yamashiro unmißverständlich klar wurde, daß er operiert werden sollte, obwohl Ernst die umständlichste Formulie-

113

rung gewählt hatte, die ihm zur Beschreibung des Vorgangs zur Verfügung stand, erstarb auch der letzte Rest japanischen Lächelns in seinem Gesicht, und er sagte:»Kiru no wa akan.«

Nakata Masami schloß kurz die Augen, Seiji gab einen knappen Knurrlaut von sich, der sowohl seine grundsätzlichen Zweifel zum Ausdruck brachte, als auch die Tatsache spiegelte, daß er mit dieser Reaktion gerechnet hatte.

»›Kiru‹ bedeutet ›schneiden‹ und ›akan‹: ›geht gar nicht‹.«

»Herr Liesgang, vielleicht müßten Sie ihm noch einmal deutlich vor Augen führen, daß wir hier ein Universitätsklinikum sind, und er es also ausschließlich mit hochqualifizierten Fachleuten zu tun hat, die derartige Operationen mehr oder weniger täglich durchführen.«

Ernst übersetzte, was der Professor gesagt hatte, wobei er den Rang und die Kompetenz der Lübecker Ärzteschaft noch einmal um mehrere Stufen erhöhte, indem er darauf hinwies, daß die Medizin in den alten Hansestädten auf eine gut siebenhundertjährige Geschichte zurückblicken könne. Da die Häfen damals wie heute das Tor zur Welt gewesen seien, hätten hier bereits seit dem frühen Mittelalter die neuesten technischen Entwicklungen immer deutlich früher zur Verfügung gestanden als im Hinterland, und er als Ofenbaumeister wisse sicherlich am besten, welchen Wert eine solche Überlieferungskette, die bis zu den Quellen des Wissens zurückreiche, insbesondere im technologischen Bereich habe.

Herr Yamashiro hörte sich Ernsts Rede geduldig und

dem Eindruck nach durchaus wohlwollend an, äußerte an mehreren Stellen Zustimmung, was jedoch nichts daran änderte, daß er, als Ernst zu Ende gesprochen hatte, wieder nur »Kiru no wa akan« sagte und den Kopf schüttelte.

Es sei zu befürchten, schaltete Nakata Masami sich ein, da sie Ernsts Gesprächsführung, die nach allen Regeln japanischer Höflichkeit drastische Beschreibungen dessen, was schlimmstenfalls geschehen konnte, weiträumig mied, nicht länger zielführend fand: Es sei in der Tat zu befürchten, daß er in einem solchen Fall eine, womöglich sogar beide Nieren verlieren werde, was im Endeffekt nichts anderes bedeute, als daß er, spätestens wenn er das Bewußtsein verloren habe, einer Notoperation unterzogen werde, die allerdings keinen positiven Heilungseffekt habe, da anschließend nichts mehr vorhanden sei, was geheilt werden könne. Ihm bleibe dann ein Leben als Dialyse-Patient, der dreimal pro Woche viele Stunden lang an eine Blutreinigungsmaschine angeschlossen werde.

Herr Yamashiro schüttelte weiterhin hartnäckig den Kopf, und schließlich schleuderte er ein »Iya da!« heraus – das alle Formen der Höflichkeit hinter sich lassende »Nein!«

Professor Hagedorn, der den Worten, die gewechselt wurden, zwar nicht folgen konnte, aber ahnte, daß sich ernste Schwierigkeiten in den Weg stellten, räusperte sich abermals, was infolge seiner unumstritten ranghöchsten Position zum sofortigen Verstummen aller sonstigen Meinungsäußerungen führte, und sagte: »Bitte weisen Sie Herrn Yamashiro noch einmal ausdrücklich darauf hin...« Er ließ die Lesebrille einige Millimeter die Nase hinunterrutschen, so daß er Herrn Yamashiro über ihren Rand hinweg fixieren konnte: »Herr Yamashiro«, sagte er, »Yamashiro Tatsuo Sensei: Ihr Zustand ist so, daß ich eine Verlegung nach Japan leider kategorisch ausschließen muß...« Auch Ernst benutzte in seiner Übersetzung jetzt Formen, als wäre er selbst der Professor und spräche den Meister von dieser Warte aus an: »Es besteht schlimmstenfalls die Gefahr, daß Sie sterben, wenn Sie Ihre Zustimmung zu dieser Operation verweigern.«

Nakata Masami stöhnte bei dem Wort »sterben« vor Schmerz und Entsetzen, griff es jedoch sogleich auf und fügte hinzu, daß sein Leben im Ausland enden werde, neuntausend Kilometer von seiner Familie, den Enkelkindern und dem geliebten japanischen Boden entfernt.

Herr Yamashiro machte eine wegwerfende Handbewegung und schnaubte, das interessiere ihn nicht: Wenn man auf einem Feldzug für sein Land den Tod finde, sei das eine große Ehre, ganz gleich, wo es einen treffe.

»Was sagt er?«, fragte der Professor.

»Das ist schwer zu übersetzen«, sagte Ernst. »Sinngemäß in etwa, daß er seit seiner Zeit als Soldat den Tod nicht mehr fürchtet.«

»Sagen Sie ihm: Damals war er um einiges jünger, da hat der Körper solche Dinge noch ganz anders weggesteckt.«

»Er meint nicht den Heilungsprozeß, sondern tatsächlich den Tod.«

»Meine Aufgabe ist es, genau das zu verhindern, und im Prinzip dürfte dem auch nichts im Wege stehen, wenn er sich nicht derart starrsinnig...«

Obwohl er nicht verstand, was der Professor sagte, begann Herr Yamashiro plötzlich zu lachen und sagte »Shinjinai yo.«

»Was heißt das?«

»Daß er nicht daran glaubt.«

»Woran?«

»Nani ga?«

»Doitsu de shinjau.«

»An den Tod in Deutschland.«

Welchen Stellenwert jemand dem Tod beimißt, hängt ebenso sehr von seiner Persönlichkeit ab wie von Umständen und Bedingungen außerhalb seiner selbst. Natürlich muß man davon ausgehen, daß ein Meister den Tod nicht fürchtet. Wozu sonst hätte er früh all die Jahre der Demütigung auf sich nehmen sollen, gefolgt von einer ebenso langen Zeit, in der die tägliche Übung in unerbittlicher Selbstunterwerfung weder erhebende Momente noch alles Vorherige überragende Ergebnisse zeitigte. Ob sich überhaupt irgendwann einmal das Gelingen eines Werks aus absichtsloser Absichtslosigkeit einstellen würde, ließ sich kaum mit Sicherheit vorhersagen, die Wahrscheinlichkeit jedenfalls sprach nicht dafür.

Anders als Nakata Seiji, der mit seiner Arbeit als Keramiker vielerlei Ziele verfolgte und sich auf einer dementsprechend niedrigeren Rangstufe befand, war Herr Yamashiro an all diesen Fragen nie interessiert gewesen. Weder als Lehrling noch als Geselle und erst recht nicht, seit er aufgrund der Durchsetzungskraft einer Witwe und ihrer Schwester zum Meister gemacht worden war, hatte er über das Erreichbare im Verhältnis zum Unerreichbaren in seinem oder sonst irgendeinem Leben nachgedacht. Er zweifelte nie an dem, was er einmal entschieden hatte und gestattete keinerlei Diskussion, weder während der Planung noch während des Bauens. Gleichwohl überließ er Arbeiten, für die es nicht unbedingt seines Wissens und Könnens bedurfte, Handlangern und Gehilfen. So war es selbstverständlich, daß Nakata Seiji mit mehr oder weniger tatkräftiger Unterstützung Hiromitsus in den ersten drei Tagen nach Herrn Yamashiros Zusammenbruch alle senkrechten Wände so weit als möglich fertigstellte. Der anschließende Bau des Gewölbes jedoch, das nicht nur den statisch kompliziertesten Teil des Ofens darstellte, sondern auch für die späteren Luftströme während des Brandes und damit für den Glasfluß auf den Gefäßen die entscheidende Rolle spielte, konnte nur von Herrn Yamashiro persönlich gemauert werden.

Seit inzwischen einer Woche bestand nun die Hauptbeschäftigung aller, einschließlich der beiden Kinder, darin, morgens und nachmittags jeweils zwei beziehungsweise drei Stunden an Herrn Yamashiros Krankenbett zu verbringen, obwohl er selbst regelmäßig darauf hinwies, daß es keinerlei Notwendigkeit gebe, ihn derart häufig zu besuchen. Nakata Masami, die immer mindestens fünf japanische Speisen sowie gekochten Reis in Kunststoffdosen mitbrachte, ließ sich davon jedoch nicht beirren. Sie beharrte außerdem darauf, daß Ernst zu Beginn der Nachmittagsbesuchszeit mit ihr ins Schwesternzimmer ging, damit ihr auch die geringste Veränderung von Herrn Yamashiros Zustand zeitnah berichtet wurde. Bei der Gelegenheit erkundigte sie sich im Detail, was er zu sich genommen hatte, wobei inzwischen auch die Zimmergenossen Ernst genauestens darüber informierten, was Herrn Yamashiro sehr gut, gut oder weniger geschmeckt hatte. Im Großen und Ganzen stellte sich heraus, und Herr Yamashiro erklärte es unmißverständlich jedes Mal, wenn Nakata Masami ihre Proviantdosen auspackte, daß er sehr zufrieden mit der deutschen Krankenhauskost war. Er aß nahezu immer alles restlos auf, und die Äußerungen der beiden Prostatapatienten über verschiedene Eigenheiten der japanischen Küche legten nahe, daß der Großteil des mitgebrachten Essens ihnen zugute kam.

Da Herr Yamashiro von Natur aus nicht gesprächig war, unterhielten sich meist Ernst und Nakata Seiji in seiner Gegenwart über alles, was sich aus dem Bereich der Keramik, des Ofenbaus und der Feuerung besprechen ließ, wobei Ernst Zweifel hatte, ob Herr Yamashiro diese Gespräche tatsächlich unterhaltsam fand, während Nakata Seiji die Frage für gegenstandslos hielt, da es zum täglichen Besuch ebenso wenig eine Alternative gab wie zu der Verpflichtung, während dieser Zeit durch angeregte Konversation für eine gewisse Abwechslung im öden Krankenhausalltag zu sorgen.

Dementsprechend erschöpft und zugleich unausgelastet waren alle, wenn sie abends nach Rensen zurückkehrten.

Während Masami in der Küche stand, Speisen einlegte, kochte, briet, verpackte oder auf den Tisch brachte, saß

Ernst zwischen Seiji und Martina an der Tafel im Kaminzimmer, leidlich bemüht, die Last der Tatsache, daß vermutlich seine eigenen karmischen Verfehlungen zu der unerfreulichen Situation geführt hatten, ebensowenig auf die leichte Schulter zu nehmen wie unter ihr zusammenzubrechen. Das gesamte Projekt befand sich in einem äußerst kritischen Schwebezustand, so daß eigentlich alle Trost aus dessen Einbettung in einen wie auch immer gearteten universalen Zusammenhang hätten schöpfen können, doch Ernst erntete, sobald er die Rede – vorsichtig und mit aller dem Unwissenden zu Gebote stehenden Bescheidenheit – auf den Wert des Zazen für die Freiheit des Geistes in jeder erdenklichen Situation brachte, bei Nakata Seiji allenfalls Verachtung: Die Künstler der Gegenwart, wie er einer sei, würden dieses Betätigungsfeld denen überlassen, die sonst nichts mit ihrer Zeit anzufangen wüßten. Wer Vergnügen an der Bettelschale oder an Hämorrhoiden habe, könne ja Mönch werden, wobei die Bereitschaft dazu in Japan stetig abnehme. Brauchbare Keramik lasse sich auf diesem Weg so oder so nicht herstellen. Wenn Ernst sich daraufhin vorsichtig wunderte und sagte, er habe immer den Eindruck gehabt, daß zumindest die philosophischen Aspekte des Zen für Ito Hidetoshi von einiger Bedeutung gewesen seien, erwiderte Nakata Seiji, Ito Hidetoshi habe in seinem fast neunzigjährigen Leben mehr Schalen gedreht, als es Fische im Biwa-See gebe, und soviel Sake getrunken wie ein Ochse Wasser: Ihm sei nicht bekannt, daß irgend etwas davon buddhistischen Leitbildern entspreche, geschweige denn zum Ausstieg aus dem Kreislauf der Wiedergeburten verhelfe. Wenn Ernst Nakata Seiji an dessen Zeit in der Musikergruppe erinnerte, als er sich doch selbst mit modernen Formen für die alten japanischen Werte befaßt habe, bezeichnete dieser sie mit einem Ausdruck des Selbstekels als eine Phase jugendlicher Sentimentalität: Diese ganzen Dinge seien von der Gegenwart überholt worden und ohne Nutzen für die Zukunft. Ernst mußte einsehen, daß die Themen, die ihm selbst Trost und Halt angesichts des drohenden Scheiterns all seiner beruflichen Aussichten waren, bei Nakata Seiji lediglich zu einer Verfestigung der Übellaunigkeit führten. So hockten sie schließlich oft schweigend da, nahmen lustlos ein Stückchen Fisch oder fritierten Tofu, jeder in die Düsternis seiner eigenen Gedanken eingepfercht.

Martina saß bei ihnen, warf gelegentlich einen sorgenvollen Blick auf Ernst und war dennoch unendlich erleichtert, daß sie hier sein durfte, fernab des Berliner Nachtlebens, in dem sie während der vergangenen zwei Jahre viel zu oft untergegangen war.

Nakata Masami brachte ein neues Gericht, und Martina bedankte sich, weder beiläufig noch überschwenglich. Beim nächsten Mal sagte sie: »It tasted wonderful, very, very good«, da ihr die Art und Weise, wie die anderen Masamis Bemühungen um die bestmögliche Versorgung aller mit Nichtachtung straften, persönlich unangenehm war.

Nach einer Weile stand Nakata Seiji auf und ging gleichfalls in die Küche, um den Fisch, den sie für den kommenden Tag im besten Feinkostgeschäft Lübecks gekauft hatten, zu säubern und zu filetieren.

Ernst seufzte.

»Ich beneide dich nicht«, sagte Martina und begann, sich eine Zigarette zu drehen.

»Es ist wirklich eine aussichtslose Situation. Ich habe nicht die geringste Idee, wie es weitergehen soll.«

»Immer noch keine Veränderung in Sicht?«

»Er ist in einem Zustand, in dem sie ihn nicht entlassen können, aber außer den Antibiotika gegen die Entzündung haben sie nichts in der Hand, was zu einer Besserung führen würde.«

»Yamashiro verweigert sich einfach?«

»Er schluckt seine Tabletten, läßt auch sonst alles brav über sich ergehen, aber für eine Operation unterschreibt er nicht: Nichts zu machen.«

»Wie lange werden sie – also Nakatas – dann noch hier bleiben?«

»Keine Ahnung. Mindestens bis der Meister wieder gesund ist.«

»Und wenn er wegen seiner Verweigerungshaltung nicht wieder gesund wird?«

Ernst zuckte mit den Schultern.

»Ich meine, möglicherweise liegt er noch Wochen im Krankenhaus.«

»Nakatas können jedenfalls nicht ohne ihn nach Japan zurück. Das ist ausgeschlossen.«

»Aber irgendwann ist das Geld alle.«

»Dann muß ich sehen, wie ich eine Lösung finde.«

»Verstehe.«

»Und du? Wird es dir nicht allmählich zu viel mit diesen ganzen schlecht gelaunten Leuten?«

»Soll ich fahren?«

»Nein, um Himmels willen, so war das nicht gemeint.

»Ich kann jederzeit...«

»Bitte – also wenn ich das so sagen darf: Bitte fahr nicht.
Ich bin wirklich froh, daß du hier bist.«

Ernst starrte die Wand an und spürte einmal mehr die
Untergänge, die sich im Pastorat lange vor seiner Zeit ab-
gespielt hatten. Für einen Moment gewannen Zweifel die
Oberhand, ob seine Kräfte ausreichen würden, all die
Schatten, die das Haus bevölkerten, in Schach zu halten. Er
sah zu Martina hinüber. Sie lächelte.

10.

»Ich wollte mich ja noch um das Unkraut kümmern«, hatte Ludwig Brüker Anfang März gesagt. »Da ist jetzt wieder eine ganze Reihe von Grundstücken, wo wir etwas machen müssen. Deine paar Stauden sind im Grunde kaum der Rede wert. Ich sammele nur immer, bis es sich lohnt, daß Ingvar aus Malmö herunterkommt. Wobei – so weit ist es eigentlich gar nicht, vier Stunden mit dem Wagen. Jedenfalls deshalb hat es länger gedauert.«

»Das macht nichts«, hatte Ernst geantwortet. »Vor zwei Wochen hätten wir hier noch gar nicht sitzen können, da gab es keinen Stuhl und keine Tasse.« –

Im Februar, nachdem alle Kredite und Querfinanzierungen geregelt, die Fragen hinsichtlich der Baugenehmigung vorläufig geklärt waren, hatte Ernst den Kaufvertrag für das Pastorat unterzeichnet und gleich darauf mit den dringendsten Renovierungs- und Umbauarbeiten begonnen. Seine gesamte Habe, die er teilweise im Berliner Elternhaus, teilweise im Keller seiner Südschwarzwälder Vermieterin gelagert hatte, war nach Rensen transportiert worden, so daß sich inzwischen eine Grundausstattung von Dingen des täglichen Gebrauchs in den Schränken fand. Handwerker gingen ein und aus, da Fenster erneuert, Wände gestrichen, Dielen abgeschliffen werden mußten. Das Dach hatte undichte Stellen, und die Heizung entsprach nicht den Abgasnormen. Hauptsächlich war Ernst jedoch mit der Vorbereitung des Ofenbaus beschäftigt, besprach sich mit örtlichen Maurern, Zimmerleuten, Baggerführern, fuhr in die Ziegelbrennerei, ins Schamottwerk. Er verhandelte Preise und gab in Auftrag, was Nakata Seiji ihm telephonisch übermittelt hatte, wobei selbst die Sonderanfertigungen noch eine Kompromißlösung darstellten: In Japan wurden für die Keramiköfen Blöcke aus ungebranntem Ton benutzt, die sich viel leichter anpassen und in Form bringen ließen, aber dergleichen war in Deutschland nirgendwo aufzutreiben.

Auch im Garten gab es einiges zu tun: Dort, wo der Ofen stehen sollte, mußten die verwilderten Gemüsebeete beseitigt werden, hier und da störten ausladende Sträucher oder ein abgestorbener Birnbaum. In der dritten Märzwoche schließlich rief Ludwig Brüker an, daß sein schwedischer Spezialist eingetroffen sei und den Riesenbärenklau vernichten werde, ehe es mit dem Frühling richtig losgehe, denn danach werde die Bekämpfung mit jedem Tag schwieriger, und es solle sich schließlich niemand daran verletzen.

Ernst hatte in der neuesten, fünfundzwanzigbändigen Ausgabe von Meyers Enzyklopädischem Lexikon, die sein Vater vor kurzem angeschafft hatte, vergeblich nach einem Artikel über den Riesenbärenklau gesucht. Auch in den älteren Pflanzenbestimmungsbüchern war nichts zu finden gewesen. Gleichwohl hatte ihn die Geschwindigkeit, mit der aus der Sumpfkuhle hinter dem Haus seit Mitte Februar neue Blätter und Triebe wuchsen, zunehmend beunruhigt. –

»Das Hogweed... Oder wie nennt ihr das hier in Deutschland?«

»Riesenbärenklau.«

»Weißt du, weshalb wir da etwas tun müssen? Hat Ludwig dich informiert?«

»Er hat gesagt, daß die Pflanze ein bißchen heikel ist.«

Ingvar Sundström ging auf die Siebzig zu, war vollkommen kahlköpfig und für sein Alter erstaunlich durchtrainiert. Sein Gesicht wurde von senkrechten, parallel laufenden Falten durchzogen, die unmittelbar unter den Rändern seiner riesigen Hornbrille ihren Anfang nahmen. In den vierziger Jahren hatte er Zoologie mit Schwerpunkt Botanik studiert und anschließend sein gesamtes Berufsleben als Experte in der schwedischen Forstverwaltung verbracht. Da es ihm in seiner aktiven Zeit nicht gelungen war, die seit anderthalb Jahrzehnten zunehmend verheerende Ausbreitung von *Herculeum giganteum* in Schweden zu verhindern, hatte er beschlossen, sich dieser Aufgabe von nationaler, ja europäischer Bedeutung über den Tag seiner Pensionierung hinaus zu verschreiben.

»Wenn du mich fragst, ist es das größte botanische Problem, das wir hier im Norden überhaupt je hatten. – Und von Menschen gemacht, natürlich.«

Er goß sich sehr viel Milch in den Kaffee, den Ernst auf seinen ausdrücklichen Wunsch hin so dünn aufgegossen hatte, daß die Flüssigkeit in der Tasse eher an Tee erinnerte, nahm einen marmorierten Keks aus der Dose mit dänischem Gebäck und tunkte ihn ein.

»Benutzen Sie ...«

»Du kannst ruhig ›du‹ sagen: In Schweden sagen wir immer ›du‹.«

»Was für ein Gift nimmst du denn?«

»Wir nehmen *Roundup*, das ist seit langem bewährt. Es wirkt mit Glyphosat, damit wird der Metabolismus bei den Pflanzen verhindert. Wir haben spezielle Methoden entwikkelt, damit nicht so viel in die Gegend verspritzt werden muß. Außerdem ist das effektiver.«

Ernst verzog die Mundwinkel, doch bevor er etwas äußern konnte, fuhr Ingvar fort: »Ich weiß wohl schon, daß du bestimmt auch nicht mit mir einer Meinung bist, wegen der chemischen Herbicids. Die öffentliche Meinung ist ja zur Zeit gegen die chemischen Herbicids – aus so einem Gefühl heraus. Ich will auch gar nicht grundsätzlich dieses Gefühl kritisieren, in manchen Bereichen der Landwirtschaft machen die Bauern vieles schlimmer mit der ganzen Unkrautvernichtung, aber beim Hogweed ist Sentimentalität fehl am Platz.«

Er tunkte einen weiteren Keks in den Kaffee und schob ihn sich in den Mund. Die Bewegung seiner Wangenmuskulatur zeigte, daß er ihn nicht kaute, sondern mit der Zunge am Gaumen zerquetschte. Dann setzte er die Tasse an die Lippen und trank sie in einem Zug leer.

»Möchtest du noch?«

»Danke, das hat schon gereicht für die Erfrischung, wir müssen gleich anfangen mit der Arbeit, es steht heute nachmittag noch ein anderer Einsatz vor uns, nicht weit von hier, dort ist ein ganzer Autofriedhof mit Hogweed übersät, die sind schon einen Meter hoch.«

»Und warum läßt du es nicht einfach wachsen? Es gibt ja auch Brennesselfelder, Dornenhecken …«

Ingvar runzelte die Stirn und sagte:»Ludwig, hast du Ernst gar nichts von den Problemen erklärt, die das Hogweed macht?«

»Eher grob«, sagte Ludwig.»Wir hatten ja viele andere Sachen zu besprechen.«

»Dann in ein paar Sätzen, daß du nicht denkst, es wäre bloß die verrückte Idee von einem alten Mann: Das Hogweed gehört nicht in diese Gegend, weißt du – das kommt aus dem Kaukasus. Ein paar Hobbygärtner, die von Ökologie überhaupt nichts verstehen, haben das bei sich ausgesät vor ein paar Jahren, wegen der schönen großen Blüten. Und die sind auch schön. Aber dann hat es angefangen, sich selbst weiter auszubreiten und zwar mit einer wahnsinnigen Geschwindigkeit. Es gibt nichts in der Natur, was es stoppen kann. Wo es hinkommt, macht es den ganzen Lebensraum kaputt. Dadurch, daß es so früh im Jahr schon zu wachsen anfängt und so riesig ist mit seinen Schirmblättern, stirbt alles ab, was an Flora in unseren Habitaten sonst dorthin gehört. Auch die Tiere gehen weg … Die Vögel zum Beispiel in den Feuchtgebieten, Enten, Reiher – die kommen nicht mehr zu ihren Brutplätzen, wegen des Gifts von dem Hogweed. Oder die Biber. Und die Otter: Die können nicht ins Wasser, wo es sich am Ufer ausgebreitet hat. Ganz dramatisch ist das.«

Ingvar stand auf und ging an seine Aluminiumkiste, die er auf einer Sackkarre hereingebracht hatte, klappte den Deckel auf, entnahm eine sorgsam gefaltete, zinnoberrote Hose aus Ölzeug und stieg hinein. Danach streifte er sich schwarze Gummihandschuhe über und zog sie bis knapp unter die Lederflicken seines Jacketts.

»Du bist neu nach Holstein gezogen, Ernst?«, fragte er. »Oder stammst du aus dieser Gegend?«

»Ich bin in Berlin geboren und aufgewachsen.«

»Das ist schade. Dann kennst du nicht viele Leute hier. Aber du mußt trotzdem die Augen offen halten und wenn du Hogweed siehst, erkundigst du dich, wer der Besitzer von dem Land ist. Dann rufst du Ludwig an, und wir sehen, ob wir etwas tun können. Überzeugungsarbeit bei den Menschen ist das Wichtigste. Wenn wir das hier nämlich jetzt nicht in den Griff bekommen, wird es bald das ganze Land überwuchern.«

Er holte eine leuchtend gelbe Ölzeugjacke aus der Kiste, strich mit dem Handrücken darüber, als wollte er Flusen entfernen. Ehe er sie anzog, rückte er den Krawattenknoten im Ausschnitt des Pullovers zurecht.

»Heutzutage denken viele Leute, wenn eine Pflanze von irgendwo auf der Welt zu uns kommt, daß sie wie ein Gastarbeiter ist oder ein Flüchtling, dem man Asyl gewährt, und daß so ein Zuwanderer deshalb das gute Recht hat, hier zu sein, nicht anders als die Pflanzen, die schon immer hier wachsen. Bei Menschen mag das vielleicht stimmen oder bei Produkten – Tee aus Indien, Radiogeräte aus Japan –, aber diese humanistischen Gefühle auf die Natur zu

129

übertragen, führt dazu, daß am Ende die Vielfalt vernichtet wird. Wegen dieser ganzen sozialen und globalen Romantik in den Köpfen der Leute muß am Ende das Gleichgewicht in unserem Ökosystem dran glauben. So sieht das nämlich aus.«

Ernst nickte. Er warf einen Blick auf Ludwig Brüker, der den Anschein erweckte, als teile er Ingvars Sorgen, angesichts der Bedrohungen, denen das Land und damit auch seine Geschäfte ausgesetzt waren. Ernst fragte sich, für wie gefährlich Ludwig den Riesenbärenklau tatsächlich hielt, zumal er es offenkundig für nötig befunden hatte, das Problem vor der Vertragsunterzeichnung herunterzuspielen.

Im Deckel von Ingvars Kiste befanden sich drei etwa achtzig Zentimeter lange Aluminiumrohre, die durch einen dünnen Schlauch miteinander verbunden waren. Ingvar öffnete die Schnappverschlüsse, nahm die Stangen heraus und schraubte sie zusammen. Am unteren Ende montierte er ein Griffstück mit Kabelzug, oben eine lange Injektionsnadel, die von einer Kunststoffkappe geschützt wurde.

»Du meinst aber, daß du das hier in den Griff bekommst?«, fragte Ernst.

Ingvar sah ihn an, wiegte leicht den Kopf hin und her und sagte:»Das, was an Pflanzen jetzt dort ist, wird eingehen, da gibt es keinen Zweifel. Aber ich weiß natürlich nicht, seit wann das Hogweed hier gestanden hat und wie viele Samen schon verbreitet sind. Kann sein, daß ich ein paar Jahre lang jeden Frühling wiederkommen muß, bis der letzte Sproß ausgemerzt ist.«

Er zog sich eine Schutzbrille über den Kopf, die so riesig

war, daß selbst sein gewaltiges Horngestell ohne Schwierigkeiten darunter Platz fand.

»Hauptsächlich ist das wegen dem Gift in den Pflanzen.
Es kann Symptome verursachen, die wie schwere Verbren-
nungen sind, wenn der Saft mit Haut in Kontakt kommt.
Darum geht es natürlich auch bei dieser Arbeit, die wir hier
machen. Das ist zwar kein Argument aus der Ökologie,
und bei einheimischen Pflanzen würde ich es deshalb nicht
gelten lassen. Bloß wenn die Kinder im Sommer draußen
sind und wenig Kleider tragen, das kann lebensgefährlich
sein, in so ein Hogweedfeld zu gehen, zumal das Gift von
dem Sonnenlicht noch stärker wird. – Aber das *Roundup*
ist auch nicht ungefährlich, da sollte man besser nicht direkt mit in Berührung kommen.«

Er setzte seinen Hut auf – einen senffarbenen Fein-
cordhut, der kleinere Fehlstellen aufwies, entweder durch
den ätzenden Pflanzensaft oder durch Giftspritzer verursacht.

»Ich würde sagen, den Rest machen wir besser draußen.
Wenn ein bißchen was danebengeht, hast du sonst eine
große Sauerei in der Küche.«

Ingvar nahm einen rechteckigen grauen Plastikeimer aus
der Kiste, in dem sich eine Pumpspritze, ein Trichter und
ein kleineres Kunststoffbehältnis befanden, dazu den Kanister mit dem Gift.

»Und wie stark ist dieses *Roundup* im Endeffekt?«

»Wo das hingeht, wächst nichts mehr – gar nichts.«

»Du mußt aber schon dazusagen, Ingvar, daß so ein prä-
ziser Einsatz, wie du ihn durchführst, nicht vergleichbar ist

mit der flächendeckenden Ausbringung in der Landwirtschaft.«

»Mach dir keine Sorgen, Ernst, da sind zehn Jahre Erfahrung dabei.«

Draußen war die Luft kühl und klar. Ingvar stapfte in seiner Rüstung voran. Auf den ersten Blick hätte man ihn für einen exzentrischen Angler gehalten, der sich auch durch extreme Wetterlagen nicht von seiner Lieblingsbeschäftigung abhalten ließ – oder für einen Arbeiter, der sich um defekte Atomanlagen kümmerte.

»Das ist noch überschaubar. Nicht auf die leichte Schulter zu nehmen natürlich. Wie gut, daß du das Haus jetzt gekauft hast, nächstes Jahr wäre alles schon doppelt so schlimm.«

Der Riesenbärenklau bedeckte eine Fläche von gut zehn Quadratmetern: wild gezackte Blätter, groß wie Schneeschaufeln, überwucherten einander bis auf Höhe des Hosenbundes und schienen sich in alle Richtungen ausbreiten zu wollen.

»Wir machen das jetzt doppelt«, sagte Ingvar. »Erst streiche ich die gründlich mit dem Gift ein. Normalerweise dringt das in ein paar Tagen bis zu der Wurzel vor, und danach stirbt sie ab. Aber zur Sicherheit gebe ich noch direkt eine Injektion rein, daß die Biester wirklich keine Chance haben.«

»Ist das nicht ein bißchen viel, ich meine wegen des Bodens?«

Ernst stand mit vor der Brust verschränkten Armen da und fror. Er fürchtete nicht nur, daß sein Gelände dauerhaft kontaminiert werden würde, sondern hatte auch Sorge, daß die unsichtbaren Mächte des Ortes, auf deren Wohlwollen er später angewiesen sein würde, eines Tages ihm die empfindliche Störung des Gleichgewichts anlasteten. Gleichwohl sah er keine Alternative zu Ingvars Einsatz, zumal in nicht einmal vier Wochen Nakatas mit ihren Kindern eintreffen würden: Bis dahin durfte vom Riesenbärenklau keine Gefahr mehr ausgehen.

Inzwischen hatte Ingvar seine Handspritze mit Gift gefüllt und goß, mehr als er sprühte, große Mengen einer dicklichen, rosafarbenen Flüssigkeit auf die Blätter. Sie lief über die Mittelrippen zum Stengel, tropfte von dort auf die nächstunteren Blätter, rann den Stiel hinunter und würde spätestens beim nächsten Regen in den Boden sickern. Ernst spürte etwas, das spitzen, scharfkantigen Molekülen ähnelte und sich rings um ihn herum ausdehnte wie eine nach außen dringende Schmerzempfindung, gegen die er machtlos war.

»In gut vierzehn Tagen ist das hier erst mal vorbei«, sagte Ingvar. »Dann machst du ein schönes, großes Feuer und verbrennst alles, was von dem Hogweed übrig ist. Am besten gräbst du auch die Wurzeln aus und wirfst sie dazu, dann kann gar nichts mehr passieren, jedenfalls für dieses Jahr. Nächsten Frühling sehen wir dann, ob es anderswo wieder austreibt.«

Am vierzehnten Abend seines Klinikaufenthaltes, als Ernst mit seinen Gästen längst wieder in Rensen saß und zwischen Ratlosigkeit und Verzweiflung schwankte, verspürte

Herr Yamashiro einen Hustenreiz in den Bronchien, nicht sehr stark, aber doch so, daß er Sorge hatte, sich eine Erkältung eingefangen zu haben. Im Fernseher lief das Hinspiel des UEFA-Pokalfinales zwischen dem SSC Neapel und dem VfB Stuttgart. Nach der frühen Führung durch die Stuttgarter hatte sich Ausgelassenheit im Zimmer breitgemacht. Obwohl Herrn Yamashiros Zimmergenossen als Norddeutsche eigentlich keine Sympathien für Schwaben hegten, wurde die Mannschaft lautstark angefeuert. Es fielen Bemerkungen über Spaghettifresser und den übergewichtigen Superstar Maradona, der inzwischen fast so breit wie hoch sei und dem Ball eher hinterherrolle als renne. Auch Herr Yamashiro lachte, obwohl er von den Witzen so wenig verstand wie vom Fußball. In der 67. Minute führte besagter Maradona den Ball im Stuttgarter Strafraum so geschickt mit der Hand, daß der griechische Schiedsrichter, entweder weil er blind war oder sich hatte bestechen lassen, ihm schließlich einen Elfmeter zusprach. Maradona schoß selbst und traf zum Ausgleich. Die Stuttgarter fanden keinen Rhythmus mehr, kassierten einen weiteren Gegentreffer und nach neunzig Minuten stand es zwei zu eins für die Italiener. Der Stuttgarter Trainer Arie Haan war fassungslos, und in den Spielanalysen der Fachleute herrschte Einigkeit darüber, daß der Schiedsrichter vollkommen falschgelegen hatte. Die Stimmung im Zimmer wurde zunehmend gereizt. Herr Yamashiro wußte nicht genau, was geschehen war, merkte aber, daß die wachsende Feindseligkeit, wenn nicht ihm persönlich galt, so doch zwischen den drei Deutschen eine Verbindung herstellte, die ihn als Fremden ausschloß.

134

Er hüstelte, spürte jetzt zudem leichtes Kratzen im Hals und ein Ziehen in den Gliedmaßen. Nachdem er sich eine Weile von einer Seite auf die andere gewälzt hatte, stand er auf und ging an den Schrank. In seinem Kulturbeutel befand sich ein Päckchen mit medizinischen Mundschutz-Masken, von denen er eine herausnahm und sich im Bad vor dem Spiegel anlegte. Mit der Maske vor dem Gesicht kehrte er zurück, lächelte, als er die Verwirrung seiner Zimmergenossen sah, deutete einige allgemein um Entschuldigung bittende Verbeugungen an und legte sich schlafen.

Als Ernst am nächsten Morgen auf den Krankenhausflur bog, spürte er, noch ehe er die Zimmertür geöffnet hatte, daß sich die Verhältnisse in Herrn Yamashiros Zimmer zuungunsten des Meisters verändert hatten. Er klopfte und trat ein, gefolgt von Nakata Seiji, Masami und den beiden Jungen. Eine überforderte Schwester oder Schwesternhelferin hatte sich schützend vor Herrn Yamashiros Bett aufgebaut, gestikulierte hektisch und stammelte: »Aber was stellen Sie sich denn vor? Er versteht mich so wenig wie Sie. Ich kann ihm das Ding doch nicht vom Gesicht reißen.«

Bei Ernsts Anblick stieß sie einen Seufzer der Erleichterung aus: »Gott sei Dank! – Herr Liesgang, wie gut, daß Sie da sind, wir haben ein schwerwiegendes Problem.«

Ernst schaute zu Herrn Yamashiro, der flach und absolut regungslos auf dem Rücken lag, das Laken bis knapp unters Kinn gezogen, die Augen geschlossen.

»Um Himmels willen, Schwester, geht es ihm schlecht?«, fragte Ernst.

Drei Männerstimmen schimpften durcheinander, »Das

ist die Höhe«, »Was glaubt er denn, wer er ist, der Japse?«, »Das müssen wir uns nicht gefallen lassen…«, »Eine Unverschämtheit!«

»Ich weiß es auch nicht genau«, sagte die Schwester. »Jedenfalls herrscht hier miserable Stimmung. Wohl schon seit gestern abend. Da ich Herrn Yamashiro nicht verstehe, müssen Sie jetzt einspringen.«

Ernst hatte keine Ahnung, was der Grund für die allgemeine Empörung sein konnte, erklärte dennoch zunächst Nakata Seiji und Masami, es handele sich um ein Mißverständnis, das er gleich aus dem Weg räumen werde.

»Sie können Ihrem Meister ausrichten«, sagte einer der beiden Prostatapatienten, »daß er sich nicht einzubilden braucht, in Deutschland wären wir unsauber oder hätten Bakterien.«

»So etwas müssen wir uns nicht bieten lassen.«

»…oder einer von uns hätte diese neue Krankheit, an der jetzt die Schwulen sterben.«

»Niemand von uns hat irgend etwas in der Art, da kann er Gift drauf nehmen.«

Ernst begriff noch immer nicht, worauf die drei hinauswollten und sagte: »Schwester, entschuldigen Sie, Sie müssen mir schon erläutern…«

In diesem Moment setzte Herr Yamashiro sich in seinem Bett auf und begann seinerseits zu reden: Er sei heute morgen aufgewacht, und schon auf dem Weg zur Toilette habe man auf eine derart rüde Weise mit ihm gesprochen, als hätte er sich eine schwerwiegende Entgleisung zuschulden kommen lassen. Er habe niemandem einen Grund gegeben,

an ihm Anstoß zu nehmen, für ihn sei die plötzliche Feindseligkeit völlig überraschend, nachdem man gestern abend
noch einträchtig miteinander eine Sportveranstaltung im
Fernsehen verfolgt habe.

»Es geht um den Mundschutz«, sagte die Schwester.
»Herr Mehlig und Herr Schumann sind der Meinung...«

»Ich sehe das ganz genauso«, warf der Transplantations-
patient, Herr Nissing, ein.

»Herr Yamashiro hat wohl gestern abend vor dem Ein-
schlafen einen medizinischen Mundschutz angelegt.«

»Als wenn wir etwas Ansteckendes hätten«, sagte Herr
Mehlig.

»Wenn wir ihm nicht passen, können Sie ihm ja ein Ein-
zelzimmer spendieren.«

»Ich war nicht in der Lage, Herrn Yamashiro zu vermitteln«, sagte die Schwester,»daß seine Mitpatienten sich
durch diese Maske gekränkt fühlen, vielleicht können Sie
ihm das ja erklären.«

Herr Yamashiro war inzwischen aus dem Bett gestie-
gen und stand mit in Hausschuhen zusammengeschlagenen
Hacken zwischen Ernst und der Schwester und erklärte:
Wenn man sich nicht bei ihm entschuldige, werde er das
Krankenhaus auf der Stelle verlassen, ganz gleich wie es um
seine Gesundheit bestellt sei.

»Ich glaube, daß wir das Problem lösen können«, sagte
Ernst, wandte sich Herrn Yamashiro zu und erläuterte ihm
ebenso ruhig wie ausführlich den Grund für die Aufre-
gung, woraufhin Herr Yamashiro, der eben noch die äu-
ßerste Entschlossenheit eines Soldaten der Kaiserlichen Ar-

mee verkörpert hatte, in lautes Gelächter ausbrach, dem Sekundenbruchteile später die gesamte Familie Nakata folgte.

Herr Mehlig, Herr Schumann und Herr Nissing starrten verdutzt die von Lachkrämpfen geschüttelten Japaner an und schüttelten die Köpfe. Schließlich sagte Herr Schumann halb beleidigt, halb zögernd:»Wenn das alles so lustig ist, würden wir gerne mitlachen.«

»Ich verstehe es auch nicht«, sagte die Krankenschwester.

»Es handelt sich um ein Mißverständnis, das sich wirklich sehr leicht ausräumen läßt: In Japan trägt man diese Gesichtsmasken nicht nur in Krankenhäusern, sondern ganz normal im Alltag, zum Beispiel in öffentlichen Verkehrsmitteln oder auch bei der Arbeit: Sobald man sich ein bißchen kränklich fühlt, legt man so eine Maske an. Sie haben das bestimmt schon auf Bildern aus der Tokioter U-Bahn gesehen. Es geht nicht darum, sich vor den Krankheitskeimen der anderen zu schützen, sondern die anderen sollen vor der Gefahr, die von einem selbst ausgeht, geschützt werden. So einfach. Und gestern abend hatte Herr Yamashiro das Gefühl, eine Erkältung zu bekommen, deshalb hat er vorsorglich einen Mundschutz angelegt. Viele Leute in Japan haben die immer dabei, gerade auf Reisen.«

»Ach so?«

»Genau.«

»Dann bin ich beruhigt«, sagte Herr Mehlig.»Ich hatte mich schon gewundert, denn eigentlich war unser Verhältnis ja die ganze Zeit gut gewesen.«

»Es ist auch nicht so, daß ich grundsätzlich etwas gegen ihn hätte«, pflichtete Herr Schumann bei.

Sei es aufgrund der Anspannung oder infolge des Gelächters, das ihn geschüttelt hatte: Eine Stunde später stand Herr Yamashiro vor der Toilette, um Wasser zu lassen, und merkte, noch ehe der Strahl kam, daß irgend etwas von innen an seiner Harnröhre kratzte, unangenehm, aber unterhalb dessen, was er Schmerz genannt hätte. Einen Augenblick später sah er mit einem Gefühl der Erleichterung einige weißliche Körnchen am Grund der Pfütze liegen, und mit der Gewißheit, in Kürze vollständig genesen zu sein, ohne daß fremde Leute bar jeder Kenntnis des japanischen Körpers ihn aufgeschnitten hätten, kehrte er ins Zimmer zurück.

11.

Am darauffolgenden Sonntag, unmittelbar im Anschluß an die Visite, wurde Herr Yamashiro entlassen. Auf der Fahrt nach Rensen war er ungewohnt gesprächig, äußerte Bewunderung für Schwäne auf einem Weiher nahe der Straße, erzählte, wie tags zuvor die Frau des Zimmernachbarn, Herrn Schumann, gekommen sei und ihm frischgebackenen Apfelkuchen mit Rosinen gebracht habe. Der Kuchen sei großartig gewesen, in Japan habe er nie etwas dergleichen gegessen, wahrscheinlich wüßten die japanischen Frauen gar nicht, wie man so etwas Gutes herstelle. Nakata Masami begleitete seine Rede mit zahlreichen Lauten des Staunens und der Ehrerbietung. Auf dem Höhepunkt seiner Begeisterung holte Herr Yamashiro eine Schneekugel aus der kleinen schwarzen Tasche, in der er seine wichtigsten Sachen aufbewahrte, deutete mit dem Zeigefinger darauf, schüttelte und sagte »Holla-sten to'a!«.

Während der Schnee sich absetzte, wiederholte er »Holla-sten to'a!«, schaute erwartungsvoll zu Ernst, der als Fahrer der Kugel jedoch nicht die gebührende Aufmerksamkeit widmen konnte, so daß Herr Yamashiro sich nach hinten wandte und sie Nakata Seiji reichte. Nakata Seiji drehte sie einige Male aus dem Handgelenk hin und her, ehe er sie an Masami weitergab.

Die Frau von Herrn Mehlig habe sie ihm mitgebracht, sagte Herr Yamashiro. *Holla-sten to'a* sei eine große deutsche Festung, sehr berühmt und sehr alt. Mit dem Geschenk hätten seine Zimmergenossen die weit in die Vergangenheit zurückreichende Freundschaft zwischen Deutschland und Japan noch einmal bekräftigt.

Nach der Ankunft in Rensen unterzog Herr Yamashiro, noch ehe er ins Haus ging oder jemanden begrüßte, die Baustelle einer gründlichen Inspektion. Während seiner Abwesenheit hatte der Dachdecker endlich Zeit gefunden, das Dach über dem Ofen fertigzustellen, so daß der Bauplatz jetzt vor Regen und Sonne geschützt war. Herr Yamashiro begutachtete einen der Ziegel, die übrig geblieben waren, versuchte an der Balkenkonstruktion zu rütteln, um die Standfestigkeit des Ganzen zu prüfen, schaute, was Nakata Seiji gemauert hatte, nahm sein Rollmaß aus der Tasche, überprüfte die Verjüngung der Abstände zwischen den Mauern, nickte, murmelte, lachte. Längere Zeit blieb er in der Mitte des Rumpfes stehen, als wollte er sich nach all den Ablenkungen das Wissen um die besondere Eigenart eben dieses Ofens noch einmal vergegenwärtigen. Ohne von Ernst, der wenige Meter entfernt stand, überhaupt Notiz zu nehmen, fragte er Nakata Seiji, ob er für Ernst einen einfachen oder einen schwierigen Ofen bauen solle? Nakata Seiji, der Ernst den Rücken zukehrte, ihn womöglich im Haus oder in der Werkstatt wähnte, sagte nach kurzem Zögern, er denke, ein schwieriger sei richtig. Sie kicherten wie nach einem Dummejungenstreich, Ernst hingegen erbleichte. Zwar wußte er nicht, was er sich konkret unter einem schwierigen Ofen vorzustellen hatte, aber da der Unterschied für beide Männer offensichtlich war, machte er sich auf das Schlimmste gefaßt.

Am späten Nachmittag kehrten auch Thomas Gerber und Werner Mertens zurück. Es gab ein großes japanisches Abendessen mit noch selteneren und köstlicheren Spezialitäten als sonst: gegrillten Aal und Jakobsmuscheln, frische Shiitake-Pilze und Berggemüse, das Professor Setzer eigens von einem japanischen Besucher hatte einfliegen lassen. Alle waren ausgelassener Stimmung, lediglich Herrn Yamashiros Laune verschlechterte sich, als ihm bewußt wurde, daß er statt Eisbein, Mettwürsten, Spaghetti und Kartoffelpüree künftig wieder aufwendig hergestellte Kleinigkeiten der japanischen Hochküche würde essen müssen. Auf die Frage, wie es ihm schmecke – offenbar ließ sie sich trotz der erwartbar verheerenden Antwort nicht vermeiden –, sagte er, die Küche im Krankenhaus sei sehr gut gewesen, überhaupt schmecke ihm das deutsche Essen ausgezeichnet. Nach einem weiteren Becher Sake stellte er zur allgemeinen Erleichterung dann aber immerhin fest, daß er froh sei, wieder in Rensen zu sein und den Bau des Ofens fortsetzen zu können.

Am nächsten Morgen nach einem ausgiebigen Frühstück, bei dem es auf deutscher Seite Käse- und Marmeladenbrote und auf japanischer Reis, Suppe und gegrillten Fisch gab, gingen alle an die Arbeit, als wäre es eine Selbst-

verständlichkeit. Die Sonne zog ihre Bahn vor wolkenlosem
Himmel, auch für die kommenden Tage war mildes Früh-
lingswetter vorhergesagt, dazu ein leichter Wind aus Süd-
ost. Während Herr Yamashiro ohne weiteren Gedanken mit
dem Bau des Gewölbes begann, hatte die Unterbrechung
bei den Filmemachern eine gewisse Verunsicherung hinter-
lassen, die Thomas Gerber mit Nörgeleien und Sonderwün-
schen auszugleichen versuchte.

»Wir drehen jetzt mal ein paar Bilder, wie er das Gewölbe mauert. Wobei ... – Es ist nicht einfacher geworden
durch das Dach: Wenn wir die Kamera darunter aufstel-
len, haben wir innen zu wenig Licht und außen zu viel, und
wenn wir im Freien aufbauen, ist es genau umgekehrt.«

Thomas ließ Werner Mertens ein Dutzend Positionen
ausprobieren, giftete Martina an: »Was stehst du da sinnlos herum, anstatt ...«

»Anstatt was?«

»Ich weiß – du bist hier jetzt quasi zu Hause, aber das
ändert nichts daran, daß es eine Menge zu tun gibt.«

Herr Yamashiro unterzog das Brett, an dem Ernst vier
Tage lang gearbeitet hatte, erneut verschiedenen Biegsam-
keits- und Stabilitätstests, die wiederum zu seiner Zufriedenheit ausfielen, stapelte einige Steine rechts und links an
den Seiten, um auf die richtige Höhe zu kommen, spannte
es vorsichtig ein, korrigierte noch einmal und rief Ernst zu,
daß er Mörtel bringen solle.

›Vermutlich entscheidet sich genau hier und jetzt, ob der
Ofen später leicht oder schwierig zu brennen sein wird‹,
schoß es Ernst durch den Kopf. Und obwohl ihn in diesem

Augenblick vollständig der Mut verließ, konnte er nichts tun, um sein Schicksal zu wenden.

»Jetzt kapiere ich endlich«, sagte Thomas Gerber, »was es mit dem komischen Ding auf sich hat, das du geflochten hast. – Es sieht wirklich abenteuerlich aus mit den dünnen Stangen, die er als Stützen untergeschoben hat. Ein Wunder, daß es hält.«

»Vermutlich sah es auf einer japanischen Baustelle vor tausend Jahren nicht wesentlich anders aus.«

»Deswegen wäre es mir lieb, wenn du den Betonmischer ein Stück nach links ziehen könntest. Selbst wenn da Tonmörtel drin ist, stört er die Atmosphäre doch sehr. – Ich meine, wir drehen schließlich nicht den Bau einer Garage.«

Nakata Seiji versuchte, Hiromitsu beizubringen, wie er die Schamottsteine je nach Bedarf mit einem gezielten Hammerschlag halbierte, drittelte, viertelte, doch Hiromitsu stellte sich so ungeschickt an, daß Ernst, nachdem er eine Weile zugesehen hatte, fragte, ob sie es nicht mit dem Winkelschleifer versuchen wollten?

Nakata Masami brachte ein Glas Wasser, nahm hinter Herrn Yamashiro Haltung an, doch noch ehe sie sich auch nur räuspern konnte, war er aufgestanden, hatte etwas wie einen Dank genuschelt und das Glas geleert. Ihr steckte der Schrecken über seine Erkrankung von allen am tiefsten in den Knochen, schließlich war sie nur knapp einer Schuld seinen Töchtern gegenüber entkommen, die sie weder in diesem Leben noch – wenn sie an derlei geglaubt hätte – im Verlauf ihrer nächsten drei bis vier Inkarnationen hätte abtragen können.

Sie stellte das Glas samt Tablett auf dem provisorischen Tischchen ab, kniete sich neben die Matte, auf der Herr Yamashiro stand, und begann, ihm einzeln die Steine anzureichen, damit er sich weder strecken noch bücken mußte. Herr Yamashiro schaute sie einen Augenblick verdutzt an, spürte dann Reste eines Ziehens im Rücken oder kam zu dem Schluß, daß er, nach allem, was er durchgemacht hatte, für die verbleibende Zeit seines Einsatzes jede Erleichterung verdiene. De facto merkten alle nach wenigen Minuten, daß Nakata Masami in dieser Position mehr störte als half. Wahrscheinlich war ihr diese Tatsache sogar selbst bewußt, doch sie betrachtete das Anreichen der Steine nicht unter der Rücksicht praktischen Nutzens, sondern sah darin eine allgemeine und zeichenhafte Entlastung des Meisters, die seiner Würde und seinem Rang entsprach. Abgesehen davon stand es niemandem zu, sich über sie zu beschweren, solange er sie nicht fortschickte.

Thomas Gerber hatte sich endlich für eine Kameraposition entschieden und begonnen, alles, was an das ausgehende zwanzigste Jahrhundert erinnerte und aktuell nicht benötigt wurde, aus dem Bild zu räumen, als die Flex aufkreischte.

»Bitte nicht!«, rief er.

Nakata Seiji schaute kurz auf, beschloß, den entrüsteten Ton nicht auf sich zu beziehen. Obwohl das überschüssige Stück längst auf dem Boden lag, hing sein Blick noch immer nachdenklich an der rotierenden Schnittscheibe. Erst nach einer Weile nahm er den nächsten Stein, dachte einen poetisch kriegerischen Gedanken über den Ausdruck des

Funkenflugs, sah Hiromitsu an, der ebenso ehrfürchtig wie unverständig neben ihm stand, und seufzte.

»Das kann doch nicht wahr sein! – Wie soll man bei diesem Krach ein Gefühl für eine Zen-geprägte Arbeitsatmosphäre bekommen?«

Ernst kippte Wasser in die Mischmaschine, die ihrerseits einen solchen Lärm verursachte, daß ihn die Flex kaum störte, während Martina sich bemühte, die Geräusche so zu regeln, daß ein irgendwie brauchbares Klangbild entstand.

Da sein allgemeines Schimpfen bei niemandem auch nur die geringste Wirkung zeigte, lief Thomas zu Ernst und brüllte: »Sag ihm, daß das nicht geht. Zumindest nicht heute. Sonst brauchen wir unser Zeug gar nicht erst aufzubauen.«

»Ich kann es nicht ändern«, sagte Ernst. »Es muß gemacht werden. Und wenn Hiromitsu-san es mit dem Hammer nicht hinbekommt, bleibt keine andere Möglichkeit.«

»Ja, aber ...«

»Sie werden nicht den ganzen Tag Steine halbieren. Bestimmt sind sie in zehn Minuten erst mal fertig damit.«

Thomas stemmte die Hände in die Hüften, holte tief Luft und sagte: »Außerdem sieht es ziemlich bescheuert aus, wie sie ihm da kniend die Steine hinhält.«

»Es ist, wie es ist.«

»Je nachdem, an welche Redakteurin du damit gerätst, kann dir so eine Szene den ganzen Film rauskicken.«

»So weit sind wir ja noch nicht.«

»Ich sage es nur.«

»Vielleicht kannst du heute erst mal ...«

»Entweder habe ich sie vorne im Bild hocken oder hinter ihm. – Wenn ich seinen Rücken drehe, kann ich sie zwar wegschneiden, aber dann sieht man nicht, was er tut. Und das muß unbedingt gezeigt werden, ich meine, es ist das Zentrum der ganzen Aktion: Der Meister mauert.«

»Ich weiß nicht«, sagte Ernst, »ob es sinnvoll ist, zwischen Zentrum und Peripherie zu unterscheiden. – Wir sind das so gewohnt, schon klar. Aber das heißt ja nicht, daß es unbedingt richtig sein muß.«

»Ich wollte das nicht philosophisch diskutieren, sondern... Fest steht: Ich habe da vorne eine Kamera stehen, die macht Bilder, 24 pro Sekunde, und auf diesen Bildern ist jeweils etwas im Zentrum, nach Möglichkeit das, weshalb der Film gedreht wird, und alles andere befindet sich am Rand beziehungsweise im Hintergrund... Und wenn...«, er flüsterte den Namen »Masami« – »...wenn sie da jetzt kniet wie eine Geisteskranke, ist das befremdlich, zumindest für europäische Zuschauer.«

Herr Yamashiro rief: »Ernst-san!«

»Augenblick«, sagte Ernst. »Ich bin gleich wieder bei dir.«

Herr Yamashiro deutete auf den Eimer: Der Mörtel sei zu dünn. Vor seiner Krankheit sei der Mörtel besser gewesen.

Ernst, der sich genau an das angegebene Mischungsverhältnis gehalten hatte, verbeugte sich entschuldigend und sagte, selbstverständlich werde er sofort einen dickeren anrühren.

Herr Yamashiro knurrte, mit dieser Matsche könne er

kein stabiles Gewölbe errichten, außerdem scheine es ihm, als würde der Film zusehends die Abläufe bestimmen – das gehe auf gar keinen Fall.

Ernst schaute hilfesuchend in Richtung Nakata Seijis, der die Stirnwand mauerte und so tat, als bekäme er vor lauter Konzentration gar nichts mit, während Masami in vollendeter Bewegungslosigkeit auf dem gestampften Erdboden kniete, die Hände flach auf den Oberschenkeln, und schnurgerade vor sich auf den Boden starrte.

Ernst begriff, daß die Situation völlig verfahren war und weder durch Bitten noch mit Hilfe von Argumenten aufgelöst werden konnte – europäische Argumente hatten für japanische Meister und Ehefrauen ohnehin nur geringen Wert. Er entschied binnen Sekundenbruchteilen, die Verantwortung sowohl allen Beteiligten gegenüber als auch im Rahmen der kosmischen Ordnung ganz und gar allein zu übernehmen, prüfte mit einem blitzschnellen Rundblick, wer in diesem Moment zu ihm herübersah, stellte fest, daß sich alle aus verschiedenen Gründen wieder ihren eigenen Angelegenheiten zugewandt hatten, schaute kurz auf den Boden, ob dort etwas Spitzes oder Scharfkantiges lag, fand nichts, nahm entschlossen den Eimer in die Hand, setzte einen ersten Schritt in Richtung der knienden Masami, trat ihr mit dem nächsten so fest, daß es sie empfindlich schmerzte, jedoch nicht gefährdete, auf die nach oben weisenden Fußsohlen, geriet ins Stolpern, ruderte mit den Armen, so daß der Eimer gegen ihre Schulter schlug, ihm aus der Hand glitt, sich in der Luft um die eigene Achse drehte, wobei ein Großteil des naßkalten Mörtels auf Nakata Ma-

148

samis Hals, Rücken und Unterschenkel klatschte. Sie schrie laut auf, mit deutlichen Anteilen von Zorn in der Stimme, während Ernst der Länge nach hinschlug.

Die Rhythmen und Abfolgen, nach denen Prozesse in Gang kommen, sich fortentwickeln, vollenden, auflösen, werden selten genau und vollständig erfaßt, da niemand in der Lage ist, den Ozean aus Anstößen, Verschiebungen und Gründen, die zu etwas führen, als Ganzes in den Blick zu nehmen. Das hat zur Folge, daß in den Beschreibungen als bedeutsam erscheint, was in Wahrheit nur eine Aufwallung der Oberfläche war, während die gewaltigen, aber unsichtbaren Tiefenströmungen kaum beachtet oder für unwichtig gehalten werden. Dementsprechend wird ein an und für sich völlig belangloser Umstand wie das Wachsen einer bestimmten oder auch nicht bestimmten Kiefer, die womöglich sogar ein Kirschbaum gewesen ist, in einem bestimmten oder auch nicht bestimmten Garten fernab zu einem Faktor, der die Weltgeschichte über Jahrtausende hinweg bewegt, wohingegen sich niemand mehr daran erinnert, wer zu dieser Zeit über das Reich geherrscht hat und was seine größte Tat gewesen ist.

Im Frühjahr 1927 betrat der deutsche Philosoph Erwin Hesekiel erstmals die Werkstatt des damals gerade einunddreißigjährigen, unter den Anhängern des Teewegs aber bereits hochberühmten Keramikers Ito Hidetoshi in Seto. Der Besuch war auf Vermittlung seines Kollegen und Freundes Imamura Michiaki zustande gekommen, der ihm bei vielen

Gelegenheiten erklärt hatte, der Geist Japans sei schlechterdings nicht zu verstehen, wenn man sich nicht mit den alten Handwerkskünsten befasse. Von diesen sei die Keramik ohne Zweifel die gewichtigste, und Ito Hidetoshi werde als ihr großer Bewahrer und Erneuerer in die Geschichte eingehen. Erwin Hesekiel hatte anfangs wenig Neigung gezeigt, die nicht unbeschwerliche Fahrt von gut zweihundert Kilometern mit dem Automobil über teilweise kaum befestigte Straßen auf sich zu nehmen, um einem Töpfer bei der Arbeit zuzuschauen. Er war in eine deutsche Akademikerfamilie hineingeboren worden, hatte seine Kindheit und Jugend unter mehr oder weniger national gesinnten Ärzten, Juristen, Offizieren und Gelehrten verbracht, und Menschen, die von ihrer Hände Arbeit, statt von den Früchten ihres Geistes lebten, mit Desinteresse oder Geringschätzung betrachtet. Daß ihm ein Mann wie Imamura Michiaki, der in den europäischen Denkgebäuden ebenso zu Hause war wie bei den Weisheitslehrern buddhistischer oder taoistischer Prägung, versicherte, in japanischen Töpferwerkstätten mehr über das Wirken des Lebendigen Geistes erfahren zu haben, als in sämtlichen wissenschaftlichen Büchern, hatte Hesekiel schließlich dazu gebracht, seine Vorbehalte hintanzustellen und der Reise zuzustimmen.

Die Fahrt mit dem Chauffeur im nagelneuen Ford der Familie Imamura durch Flußtäler und sanfte Hügellandschaften war weniger mühsam, als Erwin Hesekiel befürchtet hatte, und das kleine Ryokan, wo Zimmer zur Übernachtung telegraphisch reserviert worden waren, stellte sich als überraschend komfortabel heraus.

150

Die Hälfte der Stadt Seto schien aus Keramikwerkstätten zu bestehen. Der würzige Geruch von verbranntem Holz hing in der Luft und steckte tief in den Poren der Gebäude. Die meisten der umliegenden Hügel mündeten in nackte weiße Steilwände, an denen seit über tausend Jahren Ton gebrochen wurde.

Nachdem Imamura Michiaki Ito Hidetoshi und Erwin Hesekiel einander auf freundlich-förmliche Weise vorgestellt hatte, wechselte Ito Hidetoshi ohne Umschweife in grammatisch einwandfreies Englisch. Nach weiteren Begrüßungsfloskeln sowie dem Austausch kleinerer Geschenke begann er, Erwin Hesekiel in ein Gespräch über die Entwicklung des Rheinischen Steinzeugs im 15. und 16. Jahrhundert zu verwickeln: Erst jüngst habe ihm ein Angehöriger der Japanischen Gesandtschaft in Berlin ein Buch mit Abbildungen äußerst interessanter Stücke zukommen lassen. Leider verstehe er den Text nicht, so daß er nur ahnen könne, auf welche Weise man im Rheinland vor 500 Jahren Keramiken gefertigt habe. Manches sehe nach *Salzbrand* aus, einer Technik, die es in Japan traditionell nicht gebe, wiewohl sie interessante Oberflächenstrukturen hervorbringe.

Erwin Hesekiel hätte das Gespräch gerne auf ein anderes Thema gebracht, ohne Ito Hidetoshi merken zu lassen, daß er bis vor wenigen Minuten noch nicht einmal von der Existenz Rheinischen Steinzeugs gehört hatte. Ito Hidetoshis Blick war gleichbleibend auf einen imaginären Punkt etwa achtzig Zentimeter vor seinen Augen in Höhe des Nabels gerichtet, und seine Konzentration ließ keine Lücken, in die hinein ein kühner Gedankensprung möglich gewesen wäre.

Dennoch nahm er offenbar jede Regung seines Gesprächs-
partners genau wahr, brach seine Rede mitten in den Überlegungen zur möglichen Farbigkeit der Salzglasuren ab und
fragte: »Interessieren Sie sich überhaupt für Keramik?«

Erwin Hesekiel war von der Direktheit der Frage derart
überrascht, daß ihm ein »Nein« herausrutschte, dem er –
erschrocken aber gerade noch rechtzeitig – ein »aber« hin-
terherstotterte: »...das liegt hauptsächlich daran, daß sich
die Keramik in Deutschland seit langem geteilt hat.«

Er stellte diese gewagte Behauptung mehr oder weniger
ins Blaue hinein auf, ausgelöst vielleicht durch Hunderte
oder Tausende von ungebrannten Schalen, Wassergefäßen,
Vasen, die überall auf Brettern und in Regalen standen und
ihn in ihrem Ausdruck tatsächlich an nichts erinnerten, was
er zu Hause je gesehen hatte.

Ito Hidetoshi schwieg und sah ihn erwartungsvoll an,
so daß Erwin Hesekiel nichts anderes übrigblieb, als seinen soeben mehr oder weniger frei erfundenen, gleichwohl
mit großer Geste vorgebrachten Gedanken weiterzuspin-
nen. »Ich bin natürlich kein Experte auf diesem Gebiet«,
fuhr er fort, um Zeit zu gewinnen. »Ein Kunstwissenschaft-
ler oder Theoretiker des Handwerks in heutiger Zeit würde
sicher ganz andere Kriterien ins Spiel bringen als ich, der
ich in der Tat die Welt der Erscheinungen, insbesondere der
von Menschenhand gefertigten, immer im Hinblick auf die
ihnen innewohnenden Maximen betrachte: Vor allem anderen stelle ich mir die Frage, welcher geistige Impuls in
einem bestimmten Gegenstand seinen Ausdruck findet.
Und da habe ich in der Tat den Eindruck, daß es in mei-

nem Land eine grundlegende und tiefgreifende Spaltung des keramischen Schaffens gibt: Auf der einen Seite steht die äußerst hoch entwickelte Porzellanherstellung für den überfeinerten und auch kostspieligen Geschmack. Demgegenüber finden sich – beziehungsweise eigentlich muß ich sagen: fanden sich, insbesondere in den ländlichen Gegenden schlichte Gefäße, Krüge, Töpfe, denen jede eigenkünstlerische Absicht fehlte. Gerade dadurch spiegelten sie die Geradlinigkeit und Aufrichtigkeit des einfachen Menschen wider, dessen Charakter noch nicht vom Bazillus der Dekadenz infiziert ist. Dieser Zweig der keramischen Fertigung scheint jedoch im Aussterben begriffen: Die massenhafte Produktion industrieller Ware für die unteren Klassen wird ihr bald endgültig den Garaus machen.«

Erwin Hesekiel hoffte inständig, daß Ito Hidetoshi nach Art japanischer Höflichkeit nun endlich das Thema wechselte, um ihn davon abzuhalten, sich mit seinen jeglicher Sachkunde entbehrenden Theorien um Kopf und Kragen zu reden, doch Ito Hidetoshi nickte im Gegenteil nachdenklich und sagte: »Dann gibt es vielleicht auch in dieser Hinsicht mehr Parallelen zwischen Deutschland und Japan, als ich für möglich gehalten hätte – wobei mir der Glaube an die Tiefe des ungeschliffenen Völkischen abgeht.«

Erwin Hesekiels Blick blieb an einem Regal hängen, in dem dickwandige weiße Schalen mit rötlichen Schlieren, Wischern, Pinselschlägen standen. Er spürte Widerwillen und zugleich eine starke Anziehungskraft, trat unwillkürlich einen Schritt darauf zu: Die Gefäße waren grob. Geradezu ungeschlacht.

Imamura Michiaki, der sich die ganze Zeit über im Hintergrund gehalten hatte, wandte sich an Ito Hidetoshi, sagte mit spöttischem Gesicht etwas auf Japanisch, woraufhin beide Männer erst nickten, dann lachten.

Zwischen den Schalen lagen Scherben, die ebenfalls weiße und rote Glasuren unterschiedlicher Dicke und Leuchtkraft aufwiesen. Manche schienen neu, als wären sie eben aus dem Ofen gekommen, andere uralt. Mal war das Weiß transparent und glänzend, dann wieder matt, opak, wie vor langer Zeit getrocknet. Die Rotspuren wechselten von frischem zu geronnenem Blut zu verrottetem Holz zu lebendiger Erde. Einige der Scherben zeigten dunkles Krakelee, an anderen hafteten Dreckspuren oder angewachsene Wurzelreste. Vermutlich nutzte Ito Hidetoshi diese Scherben als Vergleichsobjekte auf dem Weg zu einem bestimmten Ausdruck, dem er sich annähern wollte. Doch Erwin Hesekiel war außerstande, die innere Logik, geschweige denn die geistigen Maximen dessen, was er sah, zu begreifen: Die Farben strahlten eine unerhörte Gewalttätigkeit aus, die Formen der Gefäße bewegten sich fernab aller ihm bekannten Regeln. Sie standen da, als wären sie nicht von hochempfindsamen Künstlerhänden geschaffen worden, sondern mit Faust und Schwert zurechtgehauen.

Erwin Hesekiel fielen die grell kreischenden Bilder ein, die während der vergangenen Jahre in Deutschland von bestimmten Kreisen mehr und mehr als Ausdruck einer neuen und wahrhaftigen Kunst gefeiert wurden: Verzerrte Menschen in explodierenden Häuserschluchten, aufgerissene Landschaften, mit wilden, unbeherrschten Pinselhieben auf

grobe, ungrundierte Leinwände geworfen – als wäre eine
Horde blindwütiger Barbaren in die geweihten Hallen des
Schönen, Wahren und Guten eingefallen. Was er hier sah,
übertraf die Radikalität und Rücksichtslosigkeit der neuen
Kunst bei weitem, auf der anderen Seite jedoch hatte es
nicht das geringste mit dem Geschrei eines Berserkers oder
Besessenen gemein.

Mit jeder Minute, die er dort stumm und ratlos stand,
spürte Erwin Hesekiel zugleich die immer unausweichli-
chere Verpflichtung, auf der Basis seiner eben entwickelten Überlegungen zur Keramik in Deutschland eine Einschätzung dessen vorzunehmen, was er sah. In seinem Kopf
herrschte ein vollkommenes Durcheinander aus Gedanken-
fetzen, Empfindungsfragmenten, Bildern, inneren wie äuße-
ren, erinnerten wie neuen, die zwischen Abstoßung, Begeisterung und alles überschattendem Unverständnis hin und
her sprangen.

»Mein Freund Erwin«, sagte Imamura Michiaki jetzt
ebenfalls auf englisch, »hat bis jetzt wenig von der japanischen Keramik gesehen.«

»Ah.«

»Weder alte Stücke noch Beispiele dessen, was Sie und
einige andere jetzt auf den Weg bringen.«

Ito Hidetoshi sah Erwin Hesekiel mit lächelndem Mund
und scharfem Blick an, machte eine schnelle Handbewegung vor seinem Gesicht, wie um einen freischwebenden
Gedanken aus der Luft zu greifen, und sagte: »Sie können
gern gelegentlich ein paar Tage hier in Seto verbringen, und
ich werde Ihnen einige Dinge zeigen.«

Erwin Hesekiel, der sich eine Minute zuvor inmitten seiner Verwirrung noch wie ein sehr geschmeidiger und deshalb um so verachtungswürdigerer Hochstapler vorgekommen war, verneigte sich tiefer, als es angemessen gewesen wäre, doch noch immer brachte er kein Wort heraus.

»Es ist unsere Aufgabe«, fuhr Ito Hidetoshi fort, »diese Entwicklung aufzuhalten. Wir dürfen nicht zulassen, daß das Niedrige und Schlechte die Häuser und damit die Herzen ihrer Bewohner erobert. Vor lauter Fortschrittsbegeisterung haben wir vergessen, daß die Dinge, mit denen wir uns umgeben, mit denen wir umgehen, die Art und Weise bestimmen, wie wir tun, was wir tun. Dieses ganze Zeug, erdacht von Ingenieuren der Form und produziert von Maschinen, führt dazu, daß wir bei unseren alltäglichen Verrichtungen jegliche Sammlung verlieren. Sind wir aber unseren Handlungen gegenüber erst einmal ohne Respekt, werden wir bald überhaupt keine Achtung vor uns selber mehr haben. Denn lange bevor wir mit unserem Denken zu dieser oder jener Überzeugung gelangen oder Gedankentürme errichten, sind wir die Bewegungen unserer Hände und Füße.«

Erwin Hesekiel, der zuhörte und seine Augen noch immer nicht von den Scherben und Schalen losreißen konnte, sagte: »In der Tat habe ich derartige Gefäße nie zuvor gesehen.«

»In Japan haben wir deshalb begonnen, die überlieferten Wege neu zu beschreiten«, sagte Ito Hidetoshi. »Wir wollen verhindern, daß der Mensch zum Maschinentier wird.«

12.

»Kennst du dich mit Pflanzen aus?«

»Nicht besonders – wieso?«

»Glaubst du, daß das da vorne Riesenbärenklau ist?«

»Keine Ahnung. Was soll das sein?«

»Herkulesstaude.«

»Nie gehört.«

»Eine *Problempflanze* – sagen manche.«

»Heißt?«

»Giftig, ätzend… Also nicht im übertragenen Sinne: Ihr Saft verursacht so etwas wie Brandwunden auf der Haut. Und das Zeug ist kaum in den Griff zu bekommen, wenn es erst einmal angefangen hat, sich auszubreiten.«

Die Sonne schien. Ernst hatte sich zu Martina auf den Rasen gesetzt, zwischen Haupthaus und der sumpfigen Stelle, in der alles Leben erstorben war, während wenige Meter entfernt bei der Hecke größere Blätter wie Hexenhände aus dem Boden ragten.

Martina holte ihren Tabakbeutel aus dem schwarzen Rucksack, entnahm ein Zigarettenpapier, klemmte sich einen Filter zwischen die Lippen.

»Du rauchst nicht so viel, oder?«, fragte Ernst.

»Vier bis fünf am Tag. Nur wenn ich ausgehe, mehr. Aber dann läuft sowieso immer alles aus dem Ruder.«

»Verstehe.«

Sie plazierte den Filter, rollte die Zigarette zwischen Daumen und Zeigefingern, leckte den Falz, strich ihn glatt, kramte ihr Feuerzeug aus der Hosentasche.

Der Rauch stieg beinahe senkrecht auf, so windstill war es.

»Deshalb ist es gut, wenn ich hier bin.«

Ernst sah sie aus den Augenwinkeln an. Er hatte sich eine kurze Pause genehmigt, weil Martina ihm, wie sie so dasaß, ganz verloren erschienen war. Der Betonmischer arbeitete, auch ohne daß er danebenstand.

Herr Yamashiro und Nakata Seiji mauerten. Hiromitsu brachte ihnen Steine von den inzwischen deutlich geschrumpften Stapeln. Nakata Masami hatte die Idee fallengelassen, sie dem Meister einzeln anzureichen, und kümmerte sich darum, mit den Jungen versäumten Unterrichtsstoff aufzuarbeiten.

Herrn Yamashiros Bewegungen wirkten kraftvoll und entschieden. Wie er den Mörtel nahm, glattstrich, den Stein plazierte und andrückte, machte er den Eindruck eines kerngesunden Mannes. Nach zwei Bögen unmittelbar vor dem späteren Einwurf und rechtwinklig zu den Längsseiten hatte er einen flacheren Mittelbogen bis auf Höhe des seitlichen Eingangs gesetzt, der dort wiederum einen Querbogen traf, so daß insgesamt die Form einer schlanken Längskuppel entstand. War ein weiterer Bogen fertig, der Schlußstein eingepaßt, schob er das biegsame Brett vorsichtig ein Stück nach unten, kippte es seitlich heraus und setzte es unmittelbar im Anschluß wieder ein.

»Was glaubst du, wie lange sie noch brauchen?«, fragte Martina.

»Vier, fünf Tage vielleicht.«

Sie blies den Rauch sehr langsam durch die Nase aus, während ihr Blick über den Boden wanderte.

»Und du machst dir Sorgen wegen dieser Pflanzen?«

»Vor einigen Wochen war jemand aus Schweden hier, ein professioneller Unkrautbekämpfer, der hat mir in den allerdüstersten Farben ausgemalt, was passiert, wenn der Riesenbärenklau sich weiter vermehrt: Das ist quasi der Untergang.«

»... was schade wäre. Eigentlich ist das hier wirklich ein schöner Platz.«

»Schon«, sagte Ernst und ließ eine Pause folgen. »Aber nicht unproblematisch.«

»Inwiefern?«

»Schwierig zu formulieren. Sagen wir: Da ist einiges aus der Vergangenheit, vielleicht sogar aus verschiedenen Vergangenheiten, was sich in den Gebäuden angereichert hat. Genau weiß ich es noch nicht. Es fühlt sich an, als läge eine schwere Last auf dem Haus.«

»Hat dir jemand davon erzählt?«

»Nur andeutungsweise.«

»Ich bin mir nicht sicher, ob ich weiß, was du meinst.«

Ernst prüfte kurz den Ausdruck ihres Gesichts, überlegte, was er ihr zumuten konnte und was er besser für sich behielt, ehe er fortfuhr: »Es gibt Kräfte, Energien aus den verschiedenen Bereichen des Unsichtbaren... Sicher hast du schon von solchen Phänomenen gehört. – Obwohl sie mit unseren gewöhnlichen Sinnen nicht wahrnehmbar sind, haben sie unter Umständen beträchtliche Wirkung auf unser Leben.«

Er machte erneut eine Pause, betrachtete ihr Gesicht, die Art, wie sie mit der linken Hand eine Gruppe Kleeblätter beiseiteschob, schaute, was darunter wuchs, die nächste Stelle freilegte.

»Ich höre dir zu«, sagte sie. »Erzähl weiter.«

»Als ich in Japan war, zum Beispiel, hatte mein Meister, Herr Furukawa, wie es sich für einen Meister gehört, der einen Schüler aufnimmt, ein Haus für mich angemietet. Es war ein sehr schönes, traditionelles japanisches Haus, mit einem kleinen Garten – alles ganz wunderbar. Wir haben es zusammen besichtigt, aber wenige Tage, bevor ich einziehen wollte, hieß es, ich könne doch nicht darin wohnen. Ich habe natürlich nach den Gründen gefragt, weil ich dieses Haus wirklich mochte. Der Meister hat erst herumgedruckst, dann wurde er richtiggehend ärgerlich, bis seine Frau schließlich sagte: ›Du kannst dort nicht sein, weil sich in dem Haus ein Geist aufhält.‹ Sie gingen beide davon aus, daß ich als Europäer eine solche Begründung völlig verrückt finden würde, gleichzeitig legten sie größten Wert darauf, daß ich sie für aufgeklärte, moderne Menschen hielt. Aber selbst für aufgeklärte und moderne Japaner ist es selbstverständlich, daß man nicht in ein Haus zieht, in dem ein Geist wohnt. Da war nichts zu machen. Keine Diskussion. Obwohl ich eigentlich den Eindruck gehabt hatte, nach der Besichtigung, daß ich mit dem Geist klargekommen wäre. Oder ein anderes Beispiel: Wenn in Japan irgendwo eine Straße gebaut werden soll, und es ist ein Stück Wald oder eine Felsformation auf der geplanten Strecke, wo man weiß, daß dort ein Geist seinen Sitz hat, dann wird ein Shinto-Priester gerufen, der mit bestimmten Ritualen und Beschwörungen versucht, den Geist davon zu überzeugen, sich anderswo niederzulassen.«

»Und wenn der Geist sich weigert?«

»Dann muß die Straße eben verlegt werden.«

»Schräg.«

»Neulich hat mir mein Vater ein Magazin mit einem Bericht über so einen Hain gegeben, wo der Geist sich geweigert hatte, umzuziehen. Mit Photos. Er fand das natürlich verrückt: Die Straße verläuft kilometerlang schnurgerade, wie mit dem Lineal gezogen, dann macht sie ohne erkennbaren Grund einen Schlenker um fünf Bäume und drei Felsen, und danach führt sie wieder geradeaus weiter. Es sieht ziemlich lustig aus.«

»Und du glaubst an so etwas?«

»Mir sind durchaus sonderbare Dinge begegnet.«

»Also Geister von Toten, die dann nachts hier herumspuken – Gespenster?«

»Das sind natürlich Bezeichnungen aus Schauergeschichten. Ich würde es eher so beschreiben: Wenn an einem Ort dramatische Dinge passieren oder passiert sind, jemand hat Selbstmord begangen oder ein richtig schlechtes Leben hinter sich und trägt an einer großen Bitterkeit, von der ihn nicht einmal der Tod befreien kann, dann ist es möglich, daß so ein Ort über lange Zeit wie vergiftet ist. Keine Ahnung, was da um Mitternacht passiert – wahrscheinlich nichts, aber wenn du an einen solchen Platz kommst, fühlst du dich plötzlich scheinbar grundlos bedrückt. In Kreuzberg, in der Zossener Straße, gibt es ein Ladenlokal, wo seit zehn Jahren ständig die Pächter wechseln. Es waren schon mindestens drei verschiedene Cafés und ein indisches Restaurant in den Räumen, dazwischen ein Feinkostgeschäft, ein Friseur ... Zur Zeit versucht es, glaube ich, jemand mit einem Versicherungsbüro. Keiner der Läden hat länger als anderthalb Jahre durchgehalten, weil du, sobald du zur Tür hereinkommst, einen komischen Impuls spürst, sofort umzudrehen und dich auf gar keinen Fall irgendwo niederzulassen. Versuch es mal. – Das ist sozusagen das Gegenteil von einem Wallfahrtsort, wo die Leute hinpilgern, weil sie dort Kraft finden.«

Martina nickte: »Und weißt du, was vor zehn oder fünfzehn Jahren dort Fürchterliches passiert ist?«

»Es muß nicht unbedingt etwas in dieser Art sein. Es gibt auch natürliche lokale Gegebenheiten, die einen eher schwächen als stärken.«

»Aha?«

»Dieses Grundstück hier ist insgesamt ziemlich heikel. Unter anderem wegen des Wassers. Es zieht Schwierigkeiten geradezu an.«

»Warum hast du es dann ausgewählt?«

»Weil es daneben – ich will nicht sagen: dadurch – auch ein großes, sehr eigenes Potential hat.«

»Interessant. Aber schon ein bißchen gruselig.«

Ernst schaute erneut zu Herrn Yamashiro und sah an der Art, wie er die schwarze Plastikwanne drehte, daß er in Kürze frischen Mörtel benötigte.

»Ich muß an die Arbeit«, sagte Ernst.

»Schade. Ich würde gerne noch mehr darüber hören.«

»Später vielleicht.«

Thomas Gerber, der den ganzen Morgen schon mit Werner Mertens von einem möglichen Kamerastandort zum nächsten gewandert war, unschlüssig, ob und an welcher Stelle sie die Kamera aufbauen sollten, rief, sobald Ernst wieder an der Mischmaschine stand: »Martina, du könntest dich ruhig mal ein bißchen beteiligen.«

»An was denn, zum Beispiel?«

»Mit uns zusammen überlegen. Daß wir hier noch mal einen Punkt finden, der dem Ganzen einen anderen Dreh gibt.«

»Rein akustisch sind Punkte nicht faßbar.«

»Sehr witzig.«

»Du sagst doch immer, von Bildern verstünde ich nichts, und ich solle mich da heraushalten.«

Er winkte ab, schob sich die Sonnenbrille ins Haar und ging zu Ernst, der die Mischertrommel entriegelte, vorsichtig kippte, so daß sich ein Schwall Mörtel in die Wanne ergoß.

»Schönes Wetter«, sagte Thomas Gerber. »Eigentlich ideal.«

»Kleinen Moment«, sagte Ernst. »Ich bin gleich wieder bei euch.«

Er nahm die Wanne, zog sie zu Herrn Yamashiro, kam mit der leeren zurück, die er ebenfalls füllte und Nakata Seiji brachte.

»Ich würde gerne noch irgend etwas mit den Bauarbeiten machen.«

»Tu dir keinen Zwang an.«

»Wir hatten schon mal überlegt, ob... – Aber hundertprozentig sicher sind wir auch nicht.«

»Ja?«

»Kannst du ihm nicht sagen, daß er mal was tun soll?«

»Ich verstehe nicht?«

»Etwas...«

»Er mauert.«

»Ja, schon. Er setzt Stein auf Stein.«

»Was soll er sonst tun?«

»Er könnte es – also das Mauern – vielleicht auf eine bestimmte Weise anders tun – wenn das möglich wäre: daß man den Unterschied erkennt.«

»Welchen Unterschied?«

»Daß es eben ein japanischer Keramikofen ist, in dem später sehr besondere Gegenstände gefertigt werden, Teezeremonie-Schalen und solche Dinge, und daß er eben ein Meister ist, also in diesem umfänglichen Sinne, ein japanischer Meister. Es muß für die Kamera – und damit auch später für die Zuschauer – irgendwie sichtbarer werden.«

»Und wie stellst du dir vor, daß das funktionieren würde?«

»Wenigstens von den Gesten, von den Bewegungen her könnte es ein bißchen... Wie soll ich sagen... Es könnte

würdevoller rüberkommen. Daß man gleich spürt, eben
ohne daß es dafür nachher einen Kommentartext braucht:
Hier entsteht etwas Besonderes, etwas geistig und spirituell
Hochrangiges.«

Ernst richtete sich auf, zog beide Augenbrauen hoch,
holte Luft, so daß seine Schultern sich hoben, ließ sie im
nächsten Moment wieder fallen, begleitet von einem lauten
Seufzer: »Wenn ihr wollt, daß er euch vom Gelände jagt,
müßt ihr ihm genau das vorschlagen.«

Drei Wochen bevor Herr Yamashiro und Familie Nakata
auf dem Flughafen Berlin-Schönefeld landen sollten, hatte
Ernst ein Schreiben vom Zollamt Ostholstein erhalten, in
dem er aufgefordert wurde, zwei Pakete nicht hinreichend
deklarierten Inhalts aus Japan unter Vorlage entsprechen-
der Rechnungsbelege einer zollamtlichen Prüfung unter-
ziehen zu lassen. Falls er dieser Aufforderung nicht binnen
zehn Werktagen, beginnend mit dem Datum der Ausstellung des Schreibens, nachkomme, würden die Sendungen
an den Absender zurückgeschickt.

Nakata Masami hatte Ernst schon am Telephon mitgeteilt, daß sie ein Paket mit dem notwendigsten Haushalts-
gerät für eine ordnungsgemäße Versorgung des Meisters
aufgegeben habe, außerdem sei von ihm ein Päckchen an
sich selbst unter Ernsts Adresse in Rensen unterwegs, dessen Inhalt sie nicht kenne.

Ernst fragte sich, was bei den Zöllnern Verdacht erregt
haben könnte, dann fiel ihm wieder ein, daß sein Vater drei
Jahre zuvor ein Geburtstagspaket beim Berliner Zoll hatte

auslösen müssen, in dem nichts außer einem Sakefläschchen und fünf Bechern aus Steinzeug gewesen waren. –

Das Zollamt in Neustadt wirkte so einladend wie ein Jugendgefängnis: Stacheldrahtbewehrte Betongußgitter endeten an einem Rolltor mit vorgelagertem Schlagbaum, rechts davon eine grün geschaltete Ampel. Ernst fuhr auf den Hof. Ein Schild wies darauf hin, daß ausschließlich Besucher des Zollamts hier parken durften.

Er ging zum Eingang, vorbei an einem dunkel getönten Panoramafenster, das beinahe die gesamte Front des Gebäudes einnahm, jedoch keinen Blick ins Innere zuließ, öffnete die schwergängige Glastür, stand in einem neonbeleuchteten Vorraum, der in das Amtszimmer führte. Das erste, was er dort sah, war ein großes Foto des Bundespräsidenten, Richard von Weizsäcker. An der Rückwand stand eine Reihe leerer Stühle. Links war ein gläsernes Kabuff mit der Aufschrift *Kasse* abgeteilt, das an einen Bankschalter erinnerte, mit dem Unterschied, daß die dazugehörige Tür nicht gepanzert, sondern aus billigem Sperrholzfurnier war.

Ernst trat an einen breiten Tresen. Weiter hinten saß ein rotgesichtiger Mann mit grauem Bart an einem Stahlrohrschreibtisch, vor sich verschiedene Stapel Papiere, außerdem eine Reihe voluminöser Bücher, von denen zumindest eins ein Gesetzeswerk war, wie Ernst an der roten Farbe erkannte. Zwei Buchstützen in Gestalt von Schnitzelefanten rahmten die Handbibliothek ein.

Der Mann sah Ernst über den Rand seiner Lesebrille hinweg an, sagte, »Moin, Moin« und »klein' Moment«, ehe er sich langsam und mit hörbarem Kraftaufwand erhob. Angesichts des gewaltigen Bauchs, den er zu tragen hatte, wirkten seine Schritte geradezu leichtfüßig.

»Ein Wetterchen ist das heute.«

Er wuchtete seine fleischigen Arme auf den Tresen, und fragte: »Was haben wir denn?«

Ernst, der nicht erst seit seinem Aufenthalt in Japan großen Respekt vor Amtspersonen, Vorgesetzten und allen anderen Menschen mit Befugnissen hatte, faßte unmittelbar Vertrauen, hielt ihm das Schreiben entgegen und sagte: »Es müßten zwei Pakete aus Japan für mich hier eingetroffen sein, mit denen es Schwierigkeiten gibt.«

»Na, denn schauen wir mal. Erst einmal geht es sowieso nur um eine reguläre Überprüfung, weil der Inhalt nicht ordnungsgemäß deklariert wurde. Es könnte ja zollpflichtige Waren enthalten.«

»Bin ich dann Schmuggler?«

Der Mann brach in wummerndes Lachen aus: »Das hängt davon ab«, sagte er, drehte sich um und verschwand ins Hinterzimmer. Nach kurzer Suche kehrte er zurück, bemüht, beide Sendungen möglichst würdevoll hereinzutragen, wobei er wegen seines Bauchumfangs Mühe hatte, mit den Händen die vorderen Kanten zu umfassen.

»Einmal. Zweimal. – Ich nehme an, Sie sind Ernst Liesgang persönlich?«

Ernst nickte.

»Wissen Sie, was drin ist?«

»Das eine – also das größere –, so wurde mir von der Absenderin telephonisch mitgeteilt, soll japanisches Geschirr und Küchengerät enthalten.«

»Eßstäbchen? Oder was benutzt man da? – Wollen Sie ein Restaurant aufmachen?«

»Nein, kein Restaurant. – Wir erwarten Besuch aus Japan, quasi privat. Der soll sich bei uns natürlich wie zu Hause fühlen.«

»Es handelt sich aber um Ware?«

»Ja. Oder nein: nicht im geschäftlichen Sinne, zumindest habe ich sie nicht gekauft.«

»Machen Sie einfach mal auf.«

»Ach so?«

»Wenn wir wüßten, was drin ist, wären Sie ja nicht benachrichtigt worden, sondern wir hätten es den Postboten bringen lassen.«

Ernst sah das mit faserverstärktem Klebeband und verschiedenen Aufklebern äußerst sorgfältig verpackte Paket fragend an, tastete nach dem Beginn der Streifen, die jedoch von Warnhinweisen überdeckt waren: »Entschuldigen Sie …«

»Natürlich.«

Der Zöllner griff in ein tiefer gelegenes Fach und reichte ihm ein Kartoffelschälmesser mit speckigem Holzgriff, dessen Klinge nach hundertfachem Schleifen nur noch eine Breite von wenigen Millimetern aufwies.

Ernst zog einen vorsichtigen Schnitt, um sicherzugehen, daß er nichts beschädigte, fuhr dann auf beiden Seiten zwischen Wand und die beiden Deckel und klappte sie auseinander. Unter einer Schicht Holzwolle, die sich wie eine Matte abnehmen ließ, befanden sich sehr viele in Noppenfolie eingeschlagene Päckchen.

»Das sieht schon mal sehr professionell aus.«

»Die Japaner sind Weltmeister im Verpacken. Ich nehme an, daß ein japanisches Kind, noch ehe es lesen lernt... – Oder meinten Sie ›professionell‹ jetzt im Sinne eines Versandunternehmens?«

Der Zöllner hob Schultern und Augenbrauen und sagte: »Nur der erste Eindruck«, während Ernst drei Lagen Päckchen auf den Tresen räumte. Einige enthielten unter der Folie eine der Holzkisten, wie sie für hochwertige Keramiken oder Lackwaren gebräuchlich waren, durch andere schimmerte es rötlich oder grau oder man ahnte textile Muster. Jedes einzelne Päckchen war mit mathematischer Präzision eingeschlagen, selbst die Tesafilmstreifen hatte Nakata Masami sauber abgeschnitten und entweder parallel oder exakt rechtwinklig zur Kante gesetzt.

»Eine Menge Zeug«, sagte der Zöllner. »Eigentlich müßten wir alle einzeln öffnen, aber ich würde vorschlagen, wir nehmen Stichproben und rechnen das Ganze hoch, zumal wir noch ein zweites Paket zu bewältigen haben, und in einer halben Stunde ist Mittag.«

»Und welche hätten Sie gern?«

Er hob einige der Päckchen an, wog sie behutsam abschätzend in der Hand.

»Das sind tatsächlich Stäbchen«, sagte er. »Sieht man auch so. Können Sie damit essen?«

»Ich war einige Jahre in Japan, da blieb mir gar nichts anderes übrig, als es zu lernen.«

»Ich wäre verhungert.«

Er entschied sich für drei von den Holzkisten, außerdem

für eine rötlich schimmernde Rolle, die dem Anschein nach einen Stoß lackierter Suppenschalen enthielt.

»Ein Blumenväschen. Hübsch«, sagte er, nachdem Ernst aus Luftpolsterfolie, Kiste, mehreren Schichten Seidenpapier und einem gestempelten Baumwolltuch ein Tokkuri mit dicker weißer Shino-Glasur herausgeholt hatte. »Bißchen schief. – Und mit der Glasur hat es auch nicht richtig geklappt, wenn ich mir die ganzen Löcher anschaue.«

Ernst sah ihn fragend an.

»Hier machen das jetzt viele Frauen in der Volkshochschule. Töpfern. Das bekommt man dann immer zum Geburtstag geschenkt. Bei meiner Frau steht der ganze Schrank voll.«

Ernst brauchte einige Sekunden, ehe er die Möglichkeiten erkannte, die der Zöllner ihm eröffnete. Auch wenn er nicht genau wußte, welche Zölle auf Keramiken erhoben wurden, zumindest Mehrwertsteuer würde er vermutlich zahlen müssen, und Sake-Fläschchen von Nakata Seiji kosteten in einer Tokioter Galerie um die tausend Mark, die dazugehörigen Guinomi dreihundert, das Stück.

»In Japan ist es quasi Volkssport«, sagte er, während er nacheinander einen massiven Teebecher und einen Fünfer-Satz Tellerchen auspackte. »In den meisten Dörfern gibt es öffentliche Öfen, wo man die Sachen zum Brennen hinbringen kann.«

»Aber das müssen betuchte Leute sein, Ihre Freunde, daß die so schöne Kistchen zum Verschenken kaufen.«

»Wie gesagt, das Verpacken ist dort eine eigenständige Kunstgattung.«

»Aber das Zeug an sich ist wertlos, würde ich sagen, das läuft unter Hobby.«

»Genau.«

Ernst wandte sich dem Stapel mit den Lackschalen zu, zog vorsichtig Tesafilmstreifen von der Luftpolsterfolie, rollte sie ab, gab dem Zöllner die oberste in die Hand. Sie war leicht – sehr leicht und leuchtete in makellosem Rot, als wäre sie aus Kunststoffguß, wobei Ernst wußte, daß Nakatas niemals Plastikgeschirr benutzten.

Der Zöllner klopfte mit dem Knöchel an die Wandung.

»Nun ja«, sagte er. »Warum man so etwas jetzt um den halben Globus schickt, wo es bei *Wollwort* solche Dinger für zwei neunundneunzig im Zehner-Pack gibt, weiß ich nun auch nicht. Da war allein das Porto teurer. Aber es hat halt jeder so seine Eigenheiten, gerade auf Reisen. Ich kenne Leute, die nie ohne ihren silbernen Schnapsbecher unterwegs sind.«

»Genau, es sind Freunde, die ich in Japan kennengelernt habe und die sich sehr für Holstein interessieren, vor allem wegen der Backsteingotik.«

»Da haben sie hier einiges zu gucken.«

Er runzelte die Stirn, kratzte sich hinter den Schläfen, nahm einen Gesichtsausdruck an, als würde er rechnen, wiegte den Kopf und sagte: »Nachdem, was wir ausgepackt haben, gehe ich davon aus, daß das Ganze insgesamt einen Wert von sagen wir mal: fünfzig Mark hat, da kämen vierzehn Prozent Mehrwertsteuer drauf, Importzölle fallen bei selbstgemachten Sachen weg, dann bekäme ich für dieses Paket sieben Mark. – Wären Sie damit einverstanden?«

171

Ernst tat so, als müßte er selbst einen Augenblick überlegen, ehe er nickte: »Wenn man die Stäbchen und das Plastikgeschirr zusammennimmt...«

»Dann sind wir uns hier schon mal einig. Gut. Und was haben wir noch? Machen Sie das auch mal auf, bitte.«

Ernst wurde rot. Es war völlig ausgeschlossen, daß er ein Paket öffnete, das Herr Yamashiro an sich selbst adressiert hatte. Es wäre eine Respektlosigkeit erster Ordnung.

»Das ist ein bißchen schwierig«, sagte er, um den Zöllner nicht zu verärgern.

»Wieso?«

»Schauen Sie«, sagte Ernst und deutete mit dem Finger auf den Adreßaufkleber: »Hier steht ›Yamashiro Tatsuo, c/o Ernst Liesgang‹. Das Paket ist nicht für mich, ich nehme es gewissermaßen nur in Empfang.«

»Sagen Sie das nicht laut, denn damit wären wir an sich schon in einem Grenzbereich: Strenggenommen bräuchten Sie sogar eine Vollmacht. Aber wenn ich akzeptiere, daß Sie es in Empfang nehmen, dann gehe ich davon aus, daß Sie auch berechtigt sind, es zu öffnen. Andernfalls muß Herr Yamashiro persönlich hier erscheinen.«

»Das Problem ist, Herr Yamashiro kommt erst in drei Wochen.«

»Da bin ich im Urlaub. Und wenn die Kollegen sehen, daß ein Paket seit einer Woche überfällig ist, geht es zurück, da beißt die Maus keinen Faden ab.«

»Wissen Sie, bei Herrn Yamashiro handelt es sich eben nicht einfach um irgend jemanden, er ist ein sehr berühmter japanischer Meister.«

»Und was meistert er so?«

»Er baut eine spezielle Art von Keramiköfen, in denen man...«

»Selbst wenn er den Dom von Tokio bauen würde, wäre das zolltechnisch gesehen kein Unterschied. Meinethalben können Sie es sich auch noch... Moment...«, er sah auf das Datum des Schreibens: »Sie können es sich noch fünf Tage lang überlegen.«

Ernst dachte kurz darüber nach, Herrn Yamashiro mit Hilfe Nakata Seijis anzurufen und ihm die Komplikationen mit den deutschen Zollbehörden darzulegen, verwarf den Plan aber sofort wieder, denn ein solcher Anruf wäre eine beinahe ebenso große Zumutung, wie das Paket ohne Erlaubnis zu öffnen: mit unabsehbaren Folgen.

Er schwitzte.

»So wie Sie sich benehmen, könnte ich ja fast einen Verdacht schöpfen.«

»Um Himmels willen, nein. Sie wissen nicht, welchen Rang so ein Meister in Japan hat. Da kann man nicht einfach so drüber hinweggehen.«

»Soll ja vieles sehr eigen sein dort.«

In diesem Augenblick fiel Ernsts Blick auf einen Abroller mit weißem Klebeband schräg gegenüber, auf dem in endloser Wiederholung die Aufschrift »Zoll« sowie einige kleingedruckte Erläuterungen standen.

»Meinen Sie, wenn wir es öffnen, ich könnte es mit diesem »Zoll«-Klebeband wieder verschließen, so daß es aussähe, als wäre es von Ihnen und nicht von mir geöffnet worden?«

»Sie meinen das Packband da auf dem Container?«

Ernst nickte.

»Was Sie Ihrem Herrn Meister nachher erzählen, ist mir ja vollkommen wurscht. Wobei, wenn etwas Verbotenes drin ist, oder wenn etwas beschädigt wird: Vor Gericht kommen Sie damit nicht durch.«

»Das Gericht ist kein Problem.«

Ernst holte tief Luft. Er hatte Mühe, seine zitternden Hände unter Kontrolle zu halten, als er das Paket aufschnitt. Womöglich gab es darin Dinge, die mit uralten Geheimnissen zu tun hatten, und deren Wirksamkeit er durch seinen Einbruch nachhaltig beeinträchtigte. Wahrscheinlich würde der Meister einen Anfall heiligen Zorns bekommen, wenn er sähe, daß ein Fremder darin herumgewühlt hatte, und abreisen, ohne auch nur einen einzigen Stein zu setzen.

Er klappte den Deckel auf und sah ein weißes Frotteehandtuch.

»Das ist erst mal nichts Besonderes«, sagte der Zöllner, und in seiner Stimme schwang leise Enttäuschung mit.

Auf ein weiteres Handtuch folgten, ähnlich wie im Paket von Nakata Masami kleinere Päckchen, allerdings nicht mit Noppenfolie verpackt. Allerhand Werkzeuge waren locker in alte, sorgfältig auseinandergerissene Baumwolllappen eingeschlagen: zwei Hammer, drei Maurerkellen unterschiedlicher Größe, mehrere Meißel, ein einfaches Rollmaß...

Mit der Souveränität dessen, der berechtigt war, die Gerätschaften notfalls einzubehalten, nahm der Zöllner eine der Kellen in seine fleischigen Finger, drehte sie langsam und mit erst kritischem, dann staunendem Blick hin und her: »Sieht nach gewöhnlichem Maurerwerkzeug aus.«

Ernst biß die Zähne zusammen, während der Zöllner die Kelle zur Seite legte, eine Rolle roter Schnur nahm, kurz daran herumzupfte, mit den Schultern zuckte, sich schließlich dem beinahe leeren Päckchen zuwandte, ein weiteres Handtuch, mit dem der Boden gepolstert war, anhob und sagte: »Gut. – Die Sachen sind weder besonders hochwertig noch neu und auch sonst nicht irgendwie interessant. Da hatte ich mir ein bißchen mehr erwartet, nach Ihrer Ankündigung.«

»Das tut mir leid. Aber wie gesagt, ich hatte auch keine Ahnung.«

Er wischte sich die Stirn.

»Auf dem Flohmarkt bekäme ich die ganze Kiste für einen Zehner. Im Baumarkt haben sie das in der Art gar nicht mehr im Sortiment, so alt ist das Zeug. – Aber das kennt man ja teilweise auch von hiesigen Maurern, daß sie jahrzehntelang dieselbe Kelle oder dasselbe Putzbrett benutzen. Gut. Dann hätten wir das. Sie können jetzt alles wieder einpacken, und ich schreibe den Bescheid. Sieben Mark bekomme ich. Die zahlen Sie gleich an der Kasse – sobald ich mit den Formularen fertig bin.«

13.

Vier Jahre lag der Tod Ito Hidetoshis inzwischen zurück. Er war gestorben, wenige Stunden nachdem er zusammen mit Nakata Seiji ein letztes Mal den Yamashiro-Ofen gebrannt hatte, am frühen Nachmittag, in seinem alten Werkstattsessel, den Roman »Das Tempeldach« von Yasushi Inoue in der Hand. Gefunden worden war er gegen fünf von seiner liebsten Nachbarin, Otani Hiroko, die ihm einen Teller mit frischen Reisküchlein hatte bringen wollen.

Ito Hidetoshis Gesichtsausdruck im Tod war der eines zufriedenen Menschen gewesen, darin stimmten alle überein, die ihn gesehen hatten. Offensichtlich hatten die Himmelsmächte es gut mit ihm gemeint und ihm einen sanften Übertritt beschert.

Der Ofen mit seinem Vermächtnis war so, wie Nakata Seiji und er ihn am Ende des Brandes zugemauert hatten, sieben Tage lang unberührt geblieben, dann hatte Kaito ihn in Anwesenheit der engsten Familienmitglieder geöffnet und die letzten Stücke des väterlichen Werks entnommen.

Als Ito Hidetoshis Seele sich löste, war Nakata Seiji mit seinem klapprigen Nissan auf dem Heimweg an die Westküste gewesen, entgegen der Windrichtung und wider die Fliehkräfte der Erdrotation. In seinem Kofferraum hatte er einen Sack äußerst seltenen Feldspats gehabt, ohne den kein herausragendes Shino gelingen konnte. Auf der wenig befahrenen Straße waren seine Gedanken zwischen den Unterweisungen des Meisters, Überlegungen, wie er selbst die Glasur künftig noch radikaler machen könnte, und dem warmen Schoß seiner Frau hin und her gewandert.

Um kurz vor Mitternacht hatte Ito Hidetoshis Tochter Akiko angerufen und ihm die Todesnachricht übermittelt. Nakata Seiji waren keine angemessenen Worte eingefallen. Da aber ein solches Gespräch nicht einmal am Telephon binnen zehn Sekunden beendet sein konnte, hatte Akiko ihm sachlich und in ruhigem Ton von der weinenden Nachbarin und ihren Reiskuchen erzählt, daß der Leichnam gleich gewaschen und im weißen Gewand des Pilgers aufgebahrt worden sei, daß ein Mönch des nahe gelegenen Tempels aus den Sutren vorgetragen habe – entgegen der Tradition die Verse des *Hannya Shingyo* über Leere und Form, die dem Vater von allen Texten des Buddhismus die liebsten gewesen seien.

Auch dazu hatte Nakata Seiji nichts Passendes beitragen können. Er war zwar grundsätzlich dafür, die alten Bräuche weiterhin zu pflegen, doch selbst zog er weder Rat noch Trost aus ihnen.

Einige Tage später erfuhr er wiederum von Akiko, daß auf der Töpferscheibe in der Werkstatt des Meisters unter einer Plastikfolie ein großer Batzen Ton zurückgeblieben war, von dem Ito Hidetoshi in den Tagen vor dem Brand wohl Schalen gedreht hatte. Dieser letzte Ton war zusammen mit dem Sarg ins Krematorium verbracht und dort unmittelbar neben dem Leichnam verbrannt worden – wie üblich bei einer in den Augen eines Töpfers lächerlich niedrigen Temperatur, damit nicht alles vollständig zu Staub zerfiel. Nachdem die zurückgebliebenen Knochenteile mit den dafür vorgesehenen Bambusstäbchen von der Witwe und den drei erwachsenen Kindern gemeinsam in die Urne gelegt worden waren, hatte Keito den zwar gebrannten aber längst nicht steinzeugharten Tonklumpen mit dem Hammer zerschlagen. Es war beschlossen worden, daß einige von den Menschen, die Ito Hidetoshi nahegestanden hatten, von den Brocken bekommen sollten. Trotz der Unterkühlung, die das Verhältnis der Söhne Ito Hidetoshis Nakata Seiji gegenüber kennzeichnete, hatte niemand nur den leisesten Zweifel daran geäußert, daß auch er eine Gabe vom letzten Scherben des Meisters erhalten sollte, so daß er sich tags darauf wiederum in den Wagen setzte und die hundertachtzig Kilometer von Echizen nach Seto zurückfuhr.

Als Akiko ihm ernst, aber ohne falsche Feierlichkeit, das sorgsam verschnürte Gefäß mit den Tonbruchstücken überreichte, spürte Nakata Seiji, wie sich Dankbarkeit und Ehrfurcht der Schülerschaft in die Verpflichtung verwandelten, gemäß dem letzten Willen Ito Hidetoshis das Wissen um die Shino-Herstellung nach Deutschland zu bringen.

Gelegentlich fügen sich die Dinge auf diese Weise.

Früher nahmen die meisten Menschen in fast allen Gegenden der Welt an, daß der Verlauf ihres Lebens von etwas wie einem Schicksal abhinge, wobei sie sowohl hinsichtlich des Zustandekommens dieser Bestimmung als auch in Bezug auf deren Wirkweise sehr unterschiedliche Mächte fürchteten und ehrten. In den alten Liedern des Nordens, wie sie, ehe die ersten Mönche auftauchten, auch in Rensen gesungen worden waren, spannen uralte Frauen aus Blankfäden in Handarbeit die Geschicke der Sterblichen wie der Unsterblichen. Zeitgleich breitete sich von Süden her aus dem Zweistromland und den Wüsten Arabiens die Vorstellung aus, daß der eine und einzige Schöpfergott, noch ehe er den Kosmos ins Dasein gerufen, ja sogar bevor die Ewigkeit war, alles, auch die kleinste Kleinigkeit – jeden Flügelschlag jedes Sperlings, der jemals fliegen würde – in einem ungeheuren Plan gedacht hatte.

In weiten Teilen Ostasiens hingegen nahm man an, daß die Seelen sich im Lauf ungezählter Verkörperungen ihr künftiges Geschick gemäß den Gesetzen von Ursache und Wirkung mit guten und schlechten Taten selber schrieben, während sie zugleich das vordem Geschriebene erfüllten, wobei all diese einander gegenseitig immer wieder neu bedingenden Wechselfälle innerhalb der namenlosen und allumfassenden Daseinsordnung vonstattengingen, die nicht einmal sich selbst Grund oder Ursache war.

Hinsichtlich dessen, was allgemein geglaubt wird, sind bereits seit längerem quer über die Grenzen der Kontinente hinweg gewaltige Verschiebungen im Gange. Auch die Wissenschaft bemüht sich, Erhellendes beizutragen. Doch trotz immenser Forschungsaufwendungen weltweit und immer erstaunlicherer Versuchsaufbauten wissen wir noch immer nicht, wie es wirklich um uns bestellt ist.

Hildegard Wissmann-Scheurich vom *Holsteinischen Generalanzeiger* hatte ihren Besuch auf der Baustelle drei Tage zuvor telephonisch angekündigt, doch da am selben Morgen auch erstmals der Maurer, Herr Böhm, gekommen war, um den Schornstein unter Anweisung von Herrn Yamashiro, aber zugleich entsprechend deutscher Vorschriften aus Zement und Ziegeln zu errichten, hatte Ernst sie völlig vergessen. Sie trat durch das Tor mit der festen Absicht, nicht zu stören, fälschte jedoch schon mit dem ersten Schritt einen mißlungenen Linksschuß Akiras so unglücklich ab, daß der Ball unhaltbar über Yoshis Torlinie rollte, während Herr Yamashiro in frischgewaschenen und eindrucksvoll ausgestellten Kavalleriehosen Anweisungen zum Dach des Hauses hinaufrief. Dort oben hockte Ernst, den Frau Wissmann-Scheurich allerdings nicht sehen konnte, und versuchte unter Einsatz seines Lebens eine Schnur an der Antenne zu befestigen. Diese Schnur war mit einer sechs Meter langen Eisenstange verknotet, die auf dem Fundament für den Schornstein stand. Hiromitsu hatte die Aufgabe, sie mit Hilfe einer Wasserwaage lotrecht zu halten, bis auch diese letzte von insgesamt vier Schnüren gespannt wäre.

Frau Wissmann-Scheurich blieb eine Zeitlang so unauffällig wie möglich neben dem Zaun stehen. Für gewöhnlich ging sie bei ihren Recherchen durchaus forsch vor, wissend, daß kaum jemand einen unfreundlichen Artikel über sich in der heimischen Zeitung lesen wollte, doch vor Japanern, insbesondere vor japanischen Meistern, hatte sie – nach all dem, was sie über Samurai, Kamikaze, Harakiri und die Macht des Atems gehört hatte – beträchtlichen Respekt.

Zunächst nahm niemand Notiz von ihr, was auch daran lag, daß regelmäßig Nachbarn auftauchten, um zu schauen, wie sich das merkwürdige Bauwerk weiterentwickelte und wie die Japaner, deren Perfektion und Disziplin ebenso legendär wie bedrohlich waren, sich bei der Arbeit tatsächlich verhielten. Meist hatte dann Thomas Gerber die Aufgabe übernommen, Prinzip und Funktionsweise des Ofens zu erläutern, doch heute morgen versprach die Justierung der Stange an Werkstattdach, Bäumen und Antenne nach der immergleichen Gewölbemauerei der vergangenen Tage eine gewisse Abwechslung, so daß er mit Anweisungen für Kamera und Ton beschäftigt war.

Endlich hatte die Stange eine für Herrn Yamashiro zufriedenstellende Position und Stabilität. Er fuhr sich mit einer knappen, soldatisch anmutenden Bewegung an den Schirm seiner Kappe und rief etwas zum Dach hinauf, das in den Ohren von Frau Wissmann-Scheurich wie ein Befehl klang. Befehle waren ihr insgesamt suspekt. Auch hatte sie gehört, daß die Japaner ein nicht unproblematisches Verhältnis zu hierarchischen Ordnungen im allgemeinen und militärischen Institutionen im besonderen pflegten. Im Interesse ihrer Leserschaft fühlte sie sich nun doch verpflichtet, näher an den Bauplatz heranzutreten und in Erfahrung zu bringen, was genau sich dort oben abspielte.

Sie sah gerade noch, wie Ernst die letzten Schritte auf

dem Steg längs des Giebels tat und auf der rückseitig montierten Schornsteinfegerleiter verschwand.

Herr Yamashiro war zu Herrn Böhm hinübergegangen. Er hielt eine schmale gerade Holzlatte mit einem am Ende aufgenagelten Klötzchen in der Hand, auf die er im Abstand von wenigen Millimetern mit dem Lineal Bleistiftmarkierungen gezogen hatte. Ohne sich im geringsten daran zu stören, daß Herr Böhm kein Wort Japanisch sprach, erläuterte er ihm, was es mit den Strichen auf sich hatte. Mehrfach zog er mit ausgestrecktem Arm einen großen Kreis durch die Luft, gefolgt von einer Bewegung, als würde er mit der Hand ein Stück Latte absägen. Dann nickte er, streckte senkrecht seinen Zeigefinger in die Luft, wie er es immer tat, wenn er etwas für bemerkenswert oder außerordentlich gelungen hielt. Herr Böhm stand eine Weile ratlos da, so daß Herr Yamashiro mit seinen Erläuterungen von vorn begann, bis Herr Böhm schließlich seinerseits zu reden anfing, »Sie meinen, wir nehmen die Stange für den Radius«, er zog ebenfalls einen Luftkreis, »mauern dann ein, zwei oder drei...«, setzte imaginäre Steine nebeneinander, »Reihen Ziegel«, zeigte mit den Fingern eins, zwei und drei, woraufhin Herr Yamashiro heftig nickte, ihm zwei Finger vor die Nase hielt und erneut zu sägen begann. »Und alle zwei Reihen machen wir den Stock um eine Einheit kürzer?«

Im selben Moment kam Ernst gelaufen, der von weitem gesehen hatte, wie Herr Yamashiro versuchte, sich mit Herrn Böhm zu verständigen, und große Sorge hatte, ohne seine Vermittlung würden die verschiedenen Kulturen ungeschützt und mit voller Wucht aufeinanderprallen, so daß an gemeinsames Arbeiten nicht mehr zu denken wäre, doch das Gegenteil war passiert: Beide Männer standen einander lachend gegenüber und jeder reckte seinen rechten Daumen in die Höhe.

Frau Wissmann-Scheurich, die zwar nicht verstanden hatte, welche bauliche Maßnahme Gegenstand des interkontinentalen Austauschs gewesen war, die Szene aber gleichwohl in ihrer symbolträchtigen Qualität als Einstieg für ihren Artikel erkannt und notiert hatte, klappte den Block zu und rief: »Herr Liesgang...«

Ernst blieb stehen: »Entschuldigung, ich muß...«

»Wir hatten telephoniert, Hildegard Wissmann-Scheurich mein Name, *Holsteinischer Generalanzeiger.*«

»Einen Moment bitte, ich muß hier gerade mal übersetzen...«

»Vielleicht können Sie mich gleich vorstellen – ich bin wegen des Portraits hier, und da würde... da hätte ich natürlich einige Fragen.«

»Augenblick bitte.«

Frau Wissmann-Scheurich wußte zwar nichts Genaues über die komplexen Strukturen, die der japanischen Gesellschaft ihre Ordnung gaben, hatte aber begriffen, daß Ernst sich im Verhältnis zu Herrn Yamashiro auf einer sehr niedrigen Rangstufe befand, während sie selbst als Vertreterin der örtlichen Presse gegenüber Ernst, der ein Zugezogener war und sich in ihrer Gegend eine Existenz aufbauen wollte, eine Machtposition innehatte. Dementsprechend selbstverständlich ging sie neben ihm auf die beiden Meister zu, wobei sie Herrn Böhm lediglich mit einem allgemeinen »Moin« bedachte, Herrn Yamashiro hingegen gleich ihre Hand entgegenstreckte: »Hildegard Wissmann-Scheurich, I am a journalist from the leading newspaper of Holstein.«

Herr Yamashiro übersah die Hand und verneigte sich.

»Er spricht auch kein Englisch«, sagte Ernst.

»Dann übersetzen Sie doch einfach. Sie haben ihn ja sicher über meinen Besuch informiert.«

Ernst wandte sich Herrn Yamashiro zu und erläuterte ihm, um wen es sich bei der Dame handele und daß sie in der hiesigen Zeitung ein großes Portrait über ihn und seine Arbeit in Rensen schreiben wolle.

Herr Yamashiro nahm Haltung an, da er jetzt nicht mehr einfach ein Ofenbauer war, sondern so etwas wie der offizielle Repräsentant seines Landes im Westen. Als solcher mußte er die Bedeutung der ältesten und größten Kulturnation der Welt würdig verkörpern.

Im selben Moment, in dem die Kräfte des alten Japan in Herrn Yamashiro Gestalt annahmen, wurde sich Frau Wissmann-Scheurich der Tatsache bewußt, daß die Flügel, die zweiunddreißigtausend Abonnenten des *Holsteinischen Generalanzeigers* ihr kurzzeitig verliehen hatten, aus nichts als bedrucktem Papier bestanden. Ruckartig zog sie ihre Rechte ein, die bereits eine ganze Weile sinnlos im Raum gestanden hatte, und versuchte eine Verbeugung, die sowohl vom Neigungswinkel als auch vom Bewegungsablauf her mißlang.

»Sie waren doch neulich bei der Bürgerversammlung wegen den Schafen auf dem Deich«, sagte Herr Böhm. »Stand da auch etwas von in der Zeitung?«

»Vielleicht können Sie dem Meister zunächst einmal im Namen der Leser des *Holsteinischen Generalanzeigers* danken, daß er bereit ist, einige der vielen Fragen, die uns im Hinblick auf seine Tätigkeit und seine Person... Oder ist das schlecht, ihn nach seiner Person zu fragen?«

»Ich kann es so übersetzen, daß es in Ordnung ist«, sagte Ernst, wandte sich an Herrn Yamashiro und sprach auf Japanisch weiter.

»Er bedankt sich ebenfalls.«

»Nicht doch«, warf Frau Wissmann-Scheurich hastig ein. »So war das ganz und gar nicht gemeint.«

»Es ist ihm eine große Ehre, hier zu sein, und in dieser von alters her bedeutenden Gegend Deutschlands etwas von der japanischen Kultur... überbringen zu dürfen.«

Frau Wissmann-Scheurich errötete stellvertretend für die Leser des gesamten Nordens.

»Vielleicht setzen wir uns zum Interview dort an den Tisch«, sagte Ernst. »Frau Nakata Masami wird uns sicher einen Tee zubereiten.«

Er rief Akira etwas auf Japanisch zu, der »Haij« antwortete und ins Haus rannte.

Frau Wissmann-Scheurich war bereits einen respektvollen halben Schritt hinter Herrn Yamashiro auf dem Weg zum Tisch, während Ernst sich kurz Herrn Böhm zuwandte und halblaut sagte: »Entschuldigen Sie bitte, ich hatte die Dame vergessen.«

»Das macht nichts. Wenn die Zeitung kommt, muß alles

andere warten. Das ist bei so einem Ofen nicht anders als bei uns im Taubenverein.«

Frau Wissmann-Scheurich rückte einen Stuhl vom Tisch ab, hielt beim Blick auf die Sitzfläche inne, öffnete ihre Handtasche, entnahm ein Papiertaschentuch, befeuchtete es mit Spucke und entfernte einige Krümel getrockneten Vogelkots, während Herr Yamashiro bereits saß und Ernst mit entschlossenem Gesichtsausdruck erklärte, er werde sein Bestes geben, um die Fragen der Dame von der Presse auf gute und richtige Weise zu beantworten.

Ernst nickte und sagte, das Wissen und die Erfahrung, die er als Meister in über fünfzig Jahren Ofenbau gesammelt habe, werde für sie ohne Zweifel eine große Bereicherung sein.

Inzwischen hatte sich auch Frau Wissmann-Scheurich gesetzt, ihren Notizblock aufgeschlagen, einen maschinengeschriebenen Fragenkatalog herausgenommen, den sie kurz überflog und dann neben dem Block plazierte: »Wie gesagt: Es ist eine große Ehre für mich, ihm einige Fragen stellen zu dürfen. Und ich möchte jetzt schon um Entschuldigung bitten, weil das Gespräch natürlich nicht so in die Tiefe gehen wird, wie er das von japanischen Kennern gewohnt ist.«

Ernst übersetzte, Herr Yamashiro sah unbewegt seine Hände an, die flach auf der Tischplatte lagen – Zeigefingerspitze an Zeigefingerspitze – und zusammen mit seinen Unterarmen und der Tischkante ein gleichschenkliges Dreieck bildeten.

»Was mich und unsere Leser zunächst einmal interessieren würde, ist, wie es ihm ... also Ihnen nach nunmehr fast vier Wochen hier in Deutschland – in Holstein gefällt?«

Herr Yamashiro lachte kurz, nahm aber, ehe er antwortete, wieder einen strengen Gesichtsausdruck an.

»Er sagt, es ist kalt in Deutschland. Viel kälter als in Japan. Wobei das Wetter in der vergangenen Woche etwas besser geworden ist. So geht es eigentlich zum Arbeiten. Vorher hat er Schwierigkeiten gehabt. Es gab auch Probleme mit der Gesundheit, was bestimmt an den niedrigen Temperaturen lag.«

Frau Wissmann-Scheurich schrieb, so schnell es ging, legte mitleidsvoll die Stirn in Falten: »Das tut mir natürlich leid«, sagte sie. »Wobei wir es schon deutlich rauher hatten um diese Jahreszeit. Heftige Frühjahrsstürme sind keine Seltenheit hier in der Gegend.«

»Aber das Essen schmeckt ihm. Er mag sehr gerne Rinderbraten, noch lieber Rouladen, Salzkartoffeln, Rotkohl. Vor allem wenn Herta Mölders ... – das ist die Wirtin vom Gasthaus hier im Dorf, *Pit's Schollenkutter*. Sie hat ihm gelegentlich, also seit der Meister aus dem Krankenhaus zurück ist, eigentlich fast täglich, Essen gebracht, weil er ihre Küche so liebt.«

»Dann wird er einen guten Eindruck von der Holsteinischen Gastfreundschaft mit nach Hause nehmen.«

Herr Yamashiro nickte mehrmals heftig.

»Vielleicht kann er uns etwas über den Ofen sagen, den er hier baut: Ist das ein spezielles Modell und was genau hat es damit auf sich?«

»Das ist ein *Anagama*. Das heißt übersetzt *Hangofen*: In

alter Zeit – also vor rund tausend Jahren – haben die Töpfer Tunnel in die Hänge gegraben, die dadurch einen natürlichen Anstieg hatten, was für den Zug der Luft wichtig ist, und oben war einfach ein Loch anstelle des Schornsteins. Da es nun aber nicht überall geeignete Berge gibt, wurde dieser Ofentypus weiterentwickelt, bis in die heutige Zeit.«

»Und kommen da dann auch Kohlen rein, Briketts oder so etwas?«

»Nur Holz. Kiefer und Buche. Alles andere ist für Keramiken dieses Typs nicht geeignet.«

»Sind diese *Anagama*-Öfen seine Spezialität, oder baut er ... – Bauen Sie auch andere Öfen?«

»Er kann alle Öfen bauen. Er hat auch schon hundert Meter lange Tunnelöfen für Ziegelfabriken gebaut. Einmal sogar eine Müllverbrennungsanlage. Auf den Philippinen.«

Frau Wissmann-Scheurich verzog bei dem Wort »Müllverbrennungsanlage« den Mund, als wäre ihr ein Stein auf den Zeh gefallen: »Ist es möglich, den Unterschied zu beschreiben, wie es ist, wenn er jetzt so einen Künstler-Ofen baut? Oder eben diese anderen, rein kommerziell ausgerichteten Anlagen?«

»Die einen sind kleiner, die anderen größer. Für die größeren braucht er mehr Gehilfen, damit es nicht so lange dauert. Es ist nicht immer einfach, geeignete Gehilfen zu finden. Vor allem wenn man etwas in anderen Ländern baut. Mit Gehilfen zu arbeiten, die keine Japaner sind, bringt immer Schwierigkeiten mit sich.«

»Und was ist das Entscheidende, damit aus einem solchen Ofen später schöne Keramiken herauskommen?«

»Drei Dinge sind wichtig: Erstens die Form des Ofens, zweitens muß das Feuer am Brennplatz sich gut entwickeln können und drittens muß bei der Feuerung ein guter Zug entstehen.«

»Was sind die Voraussetzungen dafür? Braucht es einen speziellen Platz? Es war schon die Rede von Hanglage ...«

»Ein guter Ofenbauer muß an jedem Platz einen guten Ofen bauen können. Wobei er natürlich den Untergrund, Bodenbeschaffenheit, die Windrichtungen, Himmelsrichtungen, klimatische Verhältnisse und dergleichen mehr in seine Überlegungen mit einbezieht. Herr Yamashiro durchdenkt jeden Ofen drei Mal: Zunächst stellt er ihn sich von außen vor, als sein Erbauer sozusagen. Dann geht er mit seiner Vorstellungskraft in den Ofen hinein und sieht ihn sich gewissermaßen an als ein Gefäß, das darin gebrannt wird, und dann bringt er beide Sichtweisen miteinander in Übereinstimmung.«

»Das klingt sehr kompliziert. Vor allem, sich vorzustellen, wie man ein Gefäß im Feuerstrom ist.«

»Vieles hat mit Erfahrung zu tun.«

»Welche Rolle spielen die Wünsche des Töpfers oder des Auftraggebers bei der Gestalt des Ofens?«

»Die Wünsche des Töpfers spielen bei allen drei Schritten eine wichtige Rolle.«

Nakata Masami kam aus der Küche. Sie schaute scheinbar durch das Tablett, auf dem drei Becher und ein Teller mit rosafarbenen Kugeln standen, zu Boden und setzte ihre Schritte in kurzen Abständen, als trüge sie einen sehr engen Kimono. Am Tisch angekommen, stellte sie zunächst dem Meister, danach Frau Wissmann-Scheurich, schließlich Ernst einen Becher Tee hin, verneigte sich tief und trippelte wortlos zurück ins Haus.

»Hatte das jetzt auch schon mit der Teezeremonie zu tun?«, fragte Frau Wissmann-Scheurich.

»Nakata Masami hat uns einen Becher Sencha gebracht, mit einer kleinen Süßigkeit, die man vorweg ißt, da der Tee selbst eine gewisse Bitterkeit hat, aber keinesfalls mit Zucker getrunken werden kann.«

Herr Yamashiro deutete mit der Hand auf die Konfekt-kugeln und von dort auf Frau Wissmann-Scheurich, die seine Aufforderung erschrocken zurückwies: »Natürlich nach Ihnen, Herr Meister Yamashiro.«

Herr Yamashiro schüttelte den Kopf und wiederholte seine Geste.

»Nehmen Sie«, sagte Ernst. »Wenn er Sie auffordert, sollten Sie der Aufforderung nachkommen. Abgesehen davon, daß er niemals Süßigkeiten ißt.«

Mit schuldbewußtem Gesicht schob Frau Wissmann-Scheurich sich eine der rosa Kugeln in den Mund, die, so-bald ihre Zähne damit in Berührung kamen, das Geräusch einer kleinen Explosion hören ließ und das Schuldgefühl in Schrecken verwandelte. Sie schloß einen Moment die Augen und versuchte mit vorsichtigen Kaubewegungen, den staubtrockenen und nach nahezu nichts schmeckenden Trümmern der Zuckerbombe in ihrem Mundraum Herr zu werden.

»Am besten, Sie trinken jetzt einen Schluck Tee, dann fügt sich alles harmonisch zusammen.«

Sie schluckte schwer und schaute konzentriert auf den Zettel mit ihren Fragen.

»In Deutschland interessieren sich ja viele Leute für die spirituelle Ebene der Teezeremonie, Stichwort Zen-Buddhismus. Inwieweit spielen denn Meditation, vielleicht sogar so etwas wie überlieferte Gebete eine Rolle, wenn er sich auf den Bau eines solchen Ofens vorbereitet?«

Damit Herr Yamashiro die Möglichkeit hatte, eine Antwort zu geben, die seiner Bedeutung als Ofenbauer und dem Gewicht dieser Tätigkeit insgesamt gerecht wurde, verschob Ernst in seiner Übersetzung die Tendenz der Frage ein wenig in Richtung der Traditionslinie des Wissens, an die Herr Yamashiro über seinen Meister und dessen Meister angeschlossen war und die das Prinzip aller Unterweisung seit der Erleuchtung des Buddha darstellte.

»Alles, was er kann und weiß, verdankt er seinem Meister. Herr Yamashiro hat mit vierzehn als Hilfskraft bei Herrn Takahashi angefangen, den Ofenbau zu lernen. Sein eigener Vater war Reisbauer gewesen, aber als vierter Sohn konnte er nicht auch Reisbauer werden. Wichtig ist, daß man sich an das hält, was der Meister einem sagt. Nur so kann man sicher sein, daß die eigene Arbeit gut gelingt. Wenn man die Gelegenheit bekommt, bei einem Meister wie Herrn Takahashi zu lernen, darf man sich sehr glücklich schätzen, denn der Ofenbau ist eine gute und wichtige Arbeit. Viel besser als die Landwirtschaft oder wenn man in der Fabrik am Fließband stehen muß. Er hat seinem Meister fast vierzig Jahre gedient, bevor er selbst Meister geworden ist.«

»Ich hatte die Frage eher konkreter spirituell gemeint ...«

»In den alten japanischen Künsten läßt sich das nur schwer vom konkreten Tun abkoppeln«, sagte Ernst, ohne die Nachfrage zu übersetzen.

»Verstehe ... – Und macht er immer noch alles ganz genau so, wie er es gelernt hat oder bringt er inzwischen auch seine eigene Kreativität stärker mit ein?«

»Jeder Ofen ist ein neuer Ofen und erfordert eigene Entscheidungen.«

Herr Yamashiro lachte gackernd und anhaltend, während Frau Wissmann-Scheurich versuchte, das, was sie bisher gehört hatte, zu einem sinnvollen Bild zusammenzufügen.

»Eine Frage vielleicht noch, die das Ganze abrundet, dann hätten wir es auch schon – es wird ja nur ein mittelgroßer Artikel: Was war denn eigentlich der ausschlaggebende Grund, daß er ... also, daß Sie sich, Herr Yamashiro-Sensei, in einem Alter, wo andere sich längst zur Ruhe setzen, auf die weite Reise gemacht haben, um hier im Norden Deutschlands für Ernst Liesgang einen solchen Ofen zu bauen?«

Herr Yamashiros Gesicht nahm erneut Haltung an, und nach mehreren Knurrlauten, die signalisierten, daß er die Übersetzung der Frage verstanden hatte, begann er mit tiefen Stirnfalten, wobei seine Stimme einen noch entschlosseneren Klang annahm: »Nakata Seiji, für den er auch schon einen Ofen gebaut hat, genau wie für den großen Meister Ito Hidetoshi, kam vor anderthalb Jahren auf ihn zu und hat ihn gefragt, ob er sich imstande sehe, eine Aufgabe dieser Tragweite zu übernehmen? Er hat sich gedacht, die Deutschen und die Japaner...«

Ernst brach ab und drehte seine Augen Richtung Himmel, als suchte er nach den richtigen Worten, denn Herr Yamashiro hatte unvermittelt seine Zeit als Soldat während des Zweiten Weltkriegs ins Spiel gebracht und erklärt, er habe sich das unverbrüchliche Bündnis des japanischen Kaisers mit dem deutschen Volk in Erinnerung gerufen und sich daraufhin entschlossen, im Geist der alten Waffenbruderschaft diesen Ofen zu bauen.

»Entschuldigen Sie bitte«, sagte Ernst, »da waren jetzt einige Wendungen, die sich nur schwer übersetzen lassen: Herr Yamashiro hat noch einmal auf die bis zum Beginn des Jahrhunderts zurückreichende Freundschaft zwischen Japanern und Deutschen verwiesen und gesagt... also wenn man es ganz wörtlich auffaßt: Die Deutschen und die Japaner – im Innern sind sie einander gut.«

Frau Wissmann-Scheurichs Gesicht nahm einen versonnenen Ausdruck an, während sie die Formulierung notierte und sagte: »Das ist doch ein schönes Schlußwort. Damit kann ich etwas anfangen.«

14.

Während Herr Yamashiro, Herr Böhm und Hiromitsu den Bau des Schornsteins fortsetzten, sollte Ernst Nakata Seiji beim Legen des Ofenbodens zur Hand gehen. Der Boden galt als vergleichsweise unkompliziert und eines Meisters eigentlich unwürdig, so daß er traditionell zu den Aufgaben des Töpfers gehörte. Da aber Ernst noch nie beim Bau eines Ofens dabei gewesen war, hatte Nakata Seiji, der die Gesamtverantwortung trug, sie selbstverständlich übernommen.

Schon beim Frühstück war er in einer verschlossenen, geheimnisschweren Stimmung gewesen, die sich, als Hiromitsu wiederum die Köstlichkeit von Himbeermarmelade auf gegrilltem Lachs anpries, zu einer explosiven Verfinsterung verdichtete, so daß Yoshi und Akira vorsichtshalber schwiegen und sich auch ohne Ermahnungen tadellos benahmen.

Nachdem er gegessen hatte, war Nakata Seiji noch einmal im Zimmer verschwunden. Masami hatte den Eindruck vermittelt, daß sie zwar wisse, was ihn umtrieb, sich aber nicht äußern könne – nicht einmal andeutungsweise.

Während die beiden Meister und ihr Gehilfe die Arbeiten am Schornstein wieder aufnahmen, war Nakata Seiji einmal um den gesamten Werkstattkomplex herumgegangen, hatte hier und dort innegehalten und den Horizont betrachtet, als erhoffte er sich von dort eine Antwort auf was auch immer. Dann hatte er eine Weile unschlüssig beim Schornstein gestanden, die Sonnenbrille auf und wieder abgesetzt, seine Söhne angeknurrt, sie sollten sich zum Nacharbeiten des Schulstoffs bei ihrer Mutter melden. Erst als er sicher war, daß jeder seine Aufgabe hatte und niemand auf die Idee käme, Fragen zu stellen oder sonst etwas von ihm zu wollen, löste wie auf ein unsichtbares Zeichen fahrige Betriebsamkeit die Düsternis ab. Er murmelte vor sich hin, bewegte sich Richtung Werkstattür, wobei die Finger seiner Rechten eine Klaviermelodie zu spielen schienen, drehte auf halber Strecke um, trat auf Ernst zu, zog ihn beiseite und sagte halblaut, er brauche eine Schippe.

Ernst schaute ihn fragend an.

So etwas, wie man es zum Einpflanzen von Stecklingen im Gemüsebeet benutze.

Ernst schüttelte den Kopf und fragte, ob er zum Baumarkt fahren solle. Dann fiel ihm ein, daß in den hinteren Werkstatträumen noch Kisten mit Gartengerät von einem der Vorbesitzer standen. Nakata Seiji, der normalerweise entschlossen voranschritt, wenn er etwas brauchte oder wollte, trottete ungewöhnlich verzagt hinterher, wartete in zwei Metern Abstand, während Ernst im Halbdunkel eine Blechgießkanne, rostige Hecken- und Rosenscheren, mehrere Stücke Schlauch einschließlich der dazugehörigen Düsen, Regler, Verteiler zutage förderte, und schließlich zwar keine Schippe, aber immerhin eine alte Unkrauthacke in der Hand hielt. Auf einer Seite hatte sie einen wuchtigen Dreizack zum Lockern des Bodens, auf der anderen ein Flacheisen, mit dem man Wurzeln durchtrennen oder Erde entfernen konnte.

Ernst hielt sie ins Licht und fragte, ob ihm damit geholfen sei, etwas anderes habe er nicht auf die Schnelle.

Nakata Seiji nickte: Jetzt brauche er noch eine Taschenlampe.

Ernst begriff, daß etwas ebenso Bedeutsames wie Heikles bevorstand, stellte keine Fragen, sondern lief in die Küche, um die Lampe zu holen. Anschließend hieß Nakata Seiji ihn beim Eingang des Ofens warten und verschwand seinerseits im Haus.

Als er wenig später zurückkam, hatte er den Gurt einer kastenartigen schwarzen Ledertasche, wie sie nach dem Krieg für Kameras oder Ferngläser gebräuchlich waren, über der Schulter. Zusätzlich hielt er die Tasche mit beiden Händen vor dem Bauch fest, als trüge er eine kostbare Teeschale. Er überquerte das kurze Stück zwischen Haus und Ofen geduckt und hastig, schob sich mit hochgezogenen Schultern an Ernst vorbei, bückte sich und verschwand im Inneren des Ofens.

Ernst solle folgen, flüsterte er. Und Licht machen.

Ernst schaltete die Lampe ein.

Auf der Grenze von Feuerplatz und Brennkammer begann Nakata Seiji mit dem Dreizack sehr vorsichtig eine zwanzig mal zwanzig Zentimeter große Fläche im Boden zu lockern. Dann drehte er die Hacke, stach vier saubere Kanten ab und hob eine kleine Grube aus.

In diesem Moment steckte Thomas Gerber den Kopf herein und fragte: »Was macht ihr so? Am Schornstein passiert gerade nicht viel. Wenn es interessant ist, könnten wir vielleicht hier drehen, dann hätten wir auch Bilder vom Innenraum des fertigen…«

»Dete ike!«, fauchte Nakata Seiji so heftig, daß Ernst zusammenzuckte und selbst Thomas Gerber ein Stück zurückwich.

»Ich glaube, es ist besser, du gehst«, sagte Ernst.

»Ich meine, wenn es für den Ofen wichtig ist, könnte er auch noch ein paar Sätze dazu…«

Er solle verschwinden, sofort!

»Er möchte auf gar keinen Fall, daß du dich noch länger hier aufhältst.«

Ob er das klar und deutlich übersetzen könne, fuhr Nakata Seiji Ernst an.

»Da besteht leider auch keine Diskussionsmöglichkeit.«

»Mußt du selber wissen. Ist dein Film.«

»Du merkst doch, daß… – Ich habe nicht die geringste Ahnung, was wir hier tun. Aber geh jetzt. Bitte.«

Nachdem Thomas Gerber sich zurückgezogen hatte, und Nakata Seiji sicher war, daß sich niemand mehr in der Nähe des Ofens aufhielt, setzte er schweigend die Grabung fort. Er bemühte sich, die kleine Kammer mit sauber konturierten Wänden und glattem Grund zu versehen, wies Ernst an, mit der Taschenlampe erst diese dann jene Ecke auszuleuchten, bis alles seinen Vorstellungen entsprach. Er sammelte sich einen Moment, ehe er die schwarze Tasche heranzog, öffnete die beiden Verschlüsse, entnahm beidhändig und sehr vorsichtig ein Gefäß, das in Stoff eingeschlagen war und stellte es sachte vor seinen Knien ab. Ernst hockte bewegungslos im Fersensitz, als wohnte er einer Teezeremonie bei. Nakata Seiji löste den Knoten, der die Enden des Tuchs oben zusammengefaßt hatte. Zum Vorschein kam ein urnenförmiges Gefäß von der Größe eines Gurkenglases, dessen Öffnung von einem flachen schwarzen Lackdeckel verschlossen wurde. Nakata Seiji atmete tief durch und nahm den Deckel ab, hielt erneut inne, um dieses und jenes gegeneinander abzuwägen – entschied sich nun doch, etwas zu sagen: Es sei nichts in der Richtung, wie Ernst vielleicht denke.

Ernst hatte bislang gar nichts gedacht, sondern schon bei Nakata Seijis Bitte um eine Schippe beschlossen, den Dingen ihren Lauf zu lassen, wie er es in seiner Zeit bei Herrn Furukawa gelernt hatte, nachdem seine anfänglichen Versuche, Erklärungen zu erwarten oder gar einzufordern, regelmäßig in Wutanfällen oder stundenlangem Schweigen des Meisters geendet hatten.

Weder habe es mit Shinto noch mit Buddhismus zu tun. Überhaupt nichts Religiöses.

Da Ernst nicht wußte, was er sagen sollte, und sicher war, daß jede Frage eine Störung bedeutet hätte, ließ er einen leisen, leicht anschwellenden Kehllaut vernehmen, der sowohl Staunen als auch Bewunderung zum Ausdruck brachte.

Es sei der ausdrückliche Wunsch Ito Hidetoshis gewesen, diesen Ofen in Deutschland zu bauen. Er beruhe auf einem Versprechen, das der Großmeister vor sehr langer Zeit einem deutschen Philosophen gegeben habe. All diese Verpflichtungen seien mit dem Tod Ito Hidetoshis auf ihn übergegangen.

Nakata Seiji hielt noch immer den Deckel der Urne zwischen Daumen und Zeigefinger, legte ihn jetzt oben auf die Ledertasche, dann hob er das Gefäß an, kippte es vorsichtig in seine Handfläche aus, bis ein Stück weißen Tonbruchs von der Größe eines Daumenknöchelchens in den Kegel der Taschenlampe rutschte, gefolgt von zwei weiteren, die er in die Öffnung zurückschob.

Dies sei gebrannter Ton von der Töpferscheibe Ito Hidetoshis, an dem er gearbeitet habe, unmittelbar bevor er gestorben sei.

Ernst spürte, wie seine Ohren abwechselnd heiß und kalt wurden. Sein Kehlkopf war so trocken, daß er nicht einmal mehr einen der unbestimmt präzisen japanischen Laute herausbrachte. Ein Tropfen Schweiß lief an der Nasenspitze zusammen und fiel in den Sand. Mit einem Gesichtsausdruck zwischen bodenloser Erleichterung und Übellaunigkeit plazierte Nakata Seiji das Tonstück auf dem Boden der Grube. Seine Lippen bewegten sich lautlos, abgesehen von einem untergründigen Brummen, das vom Zwerchfell hinaufstieg, als spräche er Formeln oder Gebete, was nicht sein konnte, da er dergleichen kategorisch ausgeschlossen hatte. Vielleicht war es ihm aber auch nur darum gegangen, in Ernsts Augen weiterhin als kompromißlos moderner Mensch dazustehen. Wiederum hielt er einen Augenblick inne, nahm dann mit beiden Händen von dem Sand-Erde-Gemisch, das er ausgehoben hatte, bedeckte sorgsam das Tonknöchelchen und füllte die Grube auf. Zum Schluß drückte er die Oberfläche glatt und raunte Ernst zu, er solle ihm einige von den Steinen anreichen, die sie gleich hier versetzen würden.

»Komm, wir machen ein Photo mit allen«, sagte Herta Mölders. »So eine Truppe kriegen wir nie wieder zusammen.«

Sie legte Herrn Yamashiro den Arm um die Schulter, hielt ihm mit der anderen Hand eine große Platte voller Schnitzelchen unter die Nase: »Es gibt auch Zitrone«, sagte sie. »Und Sojasauce – habe ich extra im Großmarkt besorgt.«

»Tonkatsu«, sagte Herr Yamashiro und freute sich offenkundig.

Herr Böhm trat heran und erklärte mit Blick auf den Schornstein, der sechs Meter hoch in den Himmel ragte: »Das haben wir gut hinbekommen. Da gibt es wirklich nichts zu meckern: Eine einmalige Koproduktion von japanischem und deutschem Maurerhandwerk. Und natürlich die Schmiedekunst nicht zu vergessen.« –

Am Morgen war der Dorfschmied, Herr Weigand, mit seinem Gesellen Peter gekommen, hatte Eisenringe angepaßt und montiert, die den Schornstein zusammenhalten würden, wenn die Fugen infolge der hohen Abgastemperaturen rissen.

Ernst begann, für Herrn Yamashiro zu übersetzen, dessen Hinterkopf samt Schirmmütze knapp oberhalb von Herta Mölders' Achselhöhle klemmte, doch Herr Yamashiro beachtete ihn gar nicht, sondern rief Akira zu, er solle ihm seine Stäbchen aus der Küche holen, dann redete er wieder ebenso selbstverständlich japanisch auf Herta Mölders ein, wie er es in den vergangenen Tagen bei Herrn Böhm getan hatte: Erst ihr Essen habe ihm die Kraft gegeben, die schwere Arbeit am Ofen durchzustehen. Nachdem sie begonnen habe, sich um seine Versorgung zu kümmern, sei es für ihn in Rensen gewesen, als wäre er zu Hause in Japan, nur daß er dort nie so gutes Essen bekomme.

Er lachte, nahm das nächste Schnitzel, preßte etwas Zitrone darüber und biß hinein.

Akira kam, verneigte sich und überreichte ihm seine Stäbchen.

»Hallo! Alle mal hierher«, rief Herta Mölders erneut, diesmal so laut, daß selbst Martina aufschaute, die zehn Meter entfernt unter ihren Kopfhörern saß und die Aufnahmen von den Schmiedearbeiten kontrollierte.

»Ernst«, rief Herta Mölders, »jetzt sag deinen Japanern mal, daß wir ein Gruppenphoto machen.«

Ernst hatte längst eingesehen, daß es besser war, ihr zu gehorchen, ging zu Nakata Seiji und Masami hinüber, die etwas abseits in der Werkstattür lehnten. Er spürte, daß Ärger zwischen ihnen schwelte und entschuldigte sich. Nakata Masami kniff die Lippen zusammen, sagte dann, sie sei sehr froh, daß der Meister sich wohl fühle in Deutschland, während sie gleichzeitig aus den Augenwinkeln abwechselnd Herta Mölders und ihre Söhne im Blick behielt, die sich Ast für Ast in die Krone des alten Kirschbaums vorarbeiteten.

Das sei in der Hauptsache ihr Verdienst, erwiderte Ernst:

Sie sorge mit ihren unablässigen Bemühungen dafür, daß es ihm fern von Familie und Heimat an nichts fehle.

Sie tue lediglich, was sie tun müsse.

Langsam sammelten sich alle beim Ofen: Hiromitsu, der seinerseits begonnen hatte, Photos zu machen; Herr Böhm, der sich mit Herrn Weigand unterhielt; der Geselle Peter fragte Werner Mertens über Brennweiten und Effekte der Kameraobjektive aus. Herr Yamashiro hatte sich aus der Umarmung befreit und goß versuchsweise Sojasauce über den Kartoffelsalat. Nakata Masami wies ihre Söhne an, vom Baum herunterzusteigen.

Ernst ging etwas unsicher auf Herrn Yamashiro zu, deutete eine Verbeugung an und erklärte ihm, Herta habe entschieden, daß ein Photo von allen vor dem Ofen gemacht werden solle.

Herr Yamashiro sagte: »Haij«, der Ofen müsse ohnehin signiert werden, und es sei eine gute Sache, wenn er die Signatur in Anwesenheit aller setze, die während der vergangenen vier Wochen hier gearbeitet hätten. Er wies Hiromitsu an, frischen Putz zu holen.

Ernst überlegte, ob der Meister womöglich vergessen hatte, den Ofen zu signieren, oder auf eine passende Gelegenheit gewartet hatte, oder ob ihm die Idee womöglich spontan gekommen war, damit alle ein abschließendes Bild für das Gefühl hätten, bei etwas wirklich Wichtigem dabei gewesen zu sein.

»Sehr gut«, sagte Herta.

Ernst sah zu Martina hinüber, war froh, daß sie seinen Blick auffing, verdrehte leicht die Augen.

Sie zuckte mit den Schultern und lächelte.

»Können wir davon einen Take machen?«, fragte Thomas Gerber Herta Mölders, der er als Initiatorin der spontanen Feier weitreichende Entscheidungsbefugnisse einräumte. »Das wäre doch schön als Abschluß.«

»Wie lange braucht ihr, um das ganze Zeug aufzubauen?«, fragte Herta.

»Hängt davon ab... Wenn wir keinen Ton dazunehmen, geht es schnell.«

»Dann von mir aus.«

Herr Yamashiro hatte bereits einen Hocker an der Stirnseite des Ofens plaziert und wartete auf den Mörtel. Aus seiner Brusttasche ragte ein abgegriffener Holzstift.

»Wo sind die Kinder? Die Kinder gehören dazu.«

Während Thomas Gerber und Werner Mertens noch dabei waren, die Kamera zu positionieren, ließ Herta Mölders Nakata Seiji, Masami und Ernst direkt hinter dem sitzenden Herrn Yamashiro Aufstellung nehmen, rechts von ihnen plazierte sie Herrn Böhm und Martina, links Herrn Weigand und Peter.

Endlich kam Hiromitsu mit dem Putz.

»Die Fernsehleute jetzt erst mal hierher für das Photo. Ihr stellt euch zu Ernst und Familie Nakata. Die Kinder vor die Eltern und Hiromitsu neben Martina.«

Herr Yamashiro hatte bereits begonnen, eine glatte Fläche anzulegen.

»Hier kommt... Wie heißt das in Japan?«

Ernst lächelte gequält und sagte, daß Herta jetzt den Auslöser betätigen werde.

Herr Yamashiro schaute kurz und mit undurchdringlichem Gesichtsausdruck in die Kamera, wandte sich dann wieder seiner Fläche zu, zog den Stift aus der Brusttasche, setzte an und ritzte mit wenigen Zügen die Zeichen seines Namens sowie das Datum des Tages ein. Ehe er die *Neun* schrieb, stockte seine Hand einen winzigen, nach der Flüssigkeit der vorausgegangenen Bewegungen um so auffälligeren Moment, als würde sie von etwas Fremdartigem angehalten. Ernst spürte ebenfalls eine Irritation in der Luft und war sicher, daß sie nicht aus ihm selber stammte. Er sah Nakata Seiji von der Seite an, der jedoch nichts merkte oder sich nichts anmerken ließ, und dachte: ›Es ist alles nur scheinbar.‹

»Peter, komm mal her, du kannst doch mit meiner Kamera umgehen.«

Peter nickte, Herta Mölders drückte ihm ihre Kamera in die Hand, stellte sich an seinen Platz und sagte: »Alle lächeln – aber bitte richtig: Das ist für den *Schollenkutter*, da will ich nur freundliche Gesichter sehen.«

»Das war's schon«, sagte Peter.

Herr Yamashiro stand auf, ging zügig zum Schnitzelteller, während Thomas einen ungläubigen Blick auf die japanischen Zeichen im Putz warf und sagte: »Das ist doch wohl ein Scherz! Wir wollten das drehen. Das war ein herausragend wichtiger Moment! Ernst! Kannst du ihn bitten, daß er sich noch einmal dort hinsetzt und zumindest...«

»Er ist fertig mit der Arbeit. Schluß. Ich kann ihm unmöglich sagen, daß er so tun soll als ob. Da haben wir jetzt einfach Pech gehabt. Vielleicht auch nicht, man weiß nie.«

Thomas wurde rot und zog kopfschüttelnd ab. »Du kannst einpacken«, sagte er zu Werner. »Wir kommen wieder, wenn er Feuer macht. Mal sehen.«

»Es gibt Schnaps. Und Ausreden werden nicht akzeptiert!«

Herta Mölders hatte ihr Tablett mit gut zwanzig gefüllten Gläsern in der Hand, ging zu Herrn Yamashiro, von ihm zu Nakata Seiji, zu Herrn Böhm, Herrn Weigand, zu Ernst, der wiederum einsah, daß Widerstand zwecklos war.

Herr Yamashiro nahm plötzlich Haltung an und sagte: »De wa, saigo ni...«

Es klang scharf und entschlossen, augenblicklich verstummten die Gespräche. Er winkte Ernst heran, damit er übersetzte.

»Herr Yamashiro dankt all seinen deutschen Freunden hier in Rensen«, sagte Ernst, »die ihm tatkräftig geholfen haben, diesen Ofen im Geist...«

Er unterbrach kurz, überlegte, ob es angeraten war, sich an den genauen Wortlaut zu halten, entschied, daß die Formulierungen hinreichend allgemein klangen, fuhr fort: »...der langen Freundschaft zwischen unseren Völkern zu bauen. Er hofft sehr, daß dadurch die Verbundenheit von Japanern und Deutschen auch in Zukunft stark bleibt. Kampai – Prost.«

Alle tranken.

Herta Mölders beugte sich zu ihm und raunte: »Du bist der Bauherr, du mußt auch was sagen. Das gehört sich so.«

Ernst schluckte Spucke, um das Gefühl der Verätzung, das der Schnaps an seinem Kehlkopf hinterließ, loszuwer-

205

den, holte tief Luft und sagte: »Auch ich möchte mich bedanken: vor allem natürlich bei Herrn Yamashiro. Ich hätte vor vier Jahren, als ich mich entschloß, nach Japan zu gehen, nie geglaubt, daß es überhaupt möglich sein könnte, jemanden wie ihn nach Deutschland zu holen. Bei Familie Nakata, die mit ihrem Engagement für diesen Ofen die Grundlage für meine weitere Arbeit auf dem Weg der japanischen Keramik gelegt hat. Bei Herrn Böhm und Herrn Weigand für die gute Kooperation – ich weiß, daß es nicht immer einfach für sie gewesen ist. Und bei Herta Mölders...«

Hier unterbrach er sich erneut und warf einen flüchtigen Blick auf Nakata Masami, die gerade dabei war, Akira zu verbieten, jetzt Fußball zu spielen.

»...die mit ihrer täglichen Sorge um das leibliche Wohl...« er wollte »von Herrn Yamashiro« sagen, ließ den Namen dann aber weg und sagte statt dessen: »des Meisters maßgeblich zu seiner guten Stimmung während des zweiten Bauabschnitts beigetragen hat. Herzlichen Dank!«

Die Sonne senkte sich, leichter Wind von Osten sorgte dafür, daß es angenehm warm und nicht brütend heiß war.

Herta Mölders ging jetzt mit einem Tablett Bierflaschen in der einen, der Schnapsflasche in der anderen Hand herum, goß großzügig nach und respektierte, daß Ernst mit einem Schnaps zum Anstoßen genug gehabt hatte.

Er stand bei Martina, obwohl es sich eher gehört hätte, daß er sich um die kümmerte, die am Ofen mitgearbeitet hatten. Wenige Sekunden, nachdem er mit seiner kleinen Rede fertig gewesen war, hatte der Schnaps die Schaltstellen seines Nervensystems erreicht und ihn in einen Zustand zwischen vollkommener Erschöpfung, unfaßbarem Glück und tiefem Schmerz gestürzt.

»Bist du froh?«, fragte Martina halblaut.

Die Frage surrte in seinem Kopf wie ein Schwarm Mükken.

»Keine Ahnung«, sagte er. »Erleichtert. Das auf jeden Fall. Zwischenzeitlich habe ich nicht daran geglaubt.«

»Als er im Krankenhaus lag.«

»Das war das Schlimmste. Aber auch vorher. Bevor ich das Haus gefunden hatte. Und nachdem ich es gekauft hatte, weil ich wußte, daß der schwierigste Teil erst kommt...«

»Verstehe.«

»Und jetzt steht da ein Ofen, aber es gibt noch kein Stück Keramik. Nicht einmal den passenden Ton, um irgend etwas zu drehen.«

»Er fliegt übermorgen, oder?«

Ernst nickte: »Herr Yamashiro und Hiromitsu und Masami mit den Kindern.«

»Und dann?«

»...fahre ich mit Seiji die wichtigsten deutschen Tonvorkommen ab. Wir lassen uns Proben geben, fragen schon mal bei den Leuten vor Ort, wie es mit den Lieferbedingungen wäre, ob man Ton direkt aus der Grube bekommen könnte, der nicht aufbereitet ist... Weil mit Industrieton kann ich hier nichts anfangen. – Für diese Reise ist eine Woche eingeplant. Dann fliegt er mit den Proben nach Japan und brennt sie in seinem Ofen, damit wir sehen, welche Sorte sich überhaupt eignet.«

»Und danach?«

»Muß ich die Werkstatt einrichten, das Haus bewohnbar machen. Es ist ja alles noch in einem ziemlich provisorischen Zustand.«

»Da hast du einiges zu tun.«

»Und du?«

»Mal sehen. Da ich gerade ziemlich viel Zeit für sehr wenig Geld aufgewendet habe, muß ich wahrscheinlich erst mal ein paar Wochen Fernsehen machen, also Leute bei den Sendern anrufen, fragen, ob jemand etwas für mich hat. Vielleicht plant auch einer von den Dokumentarfilmern, mit denen ich schon gearbeitet habe, ein Projekt irgendwo weit weg. Südamerika oder Asien würde mich reizen. Also nicht Japan, eher die Mongolei oder Vietnam vielleicht.«

»Aber erst mal fährst du nach Berlin.«

»Morgen. Mit den Jungs.«

»Du kannst auch noch bleiben, wenn du willst.«

»Würde ich wahnsinnig gerne, aber wenn ich einen Job will, muß ich direkt mit den Leuten sprechen. Ich komme wieder.«

»Das wäre schön.«

»Bestimmt. Nicht erst, wenn er hier weiterfilmt.«

15.

Niemand weiß, welches Gewicht einem Wort, einer Handlung, einem Geschehnis innerhalb der kosmischen Ordnung tatsächlich zugedacht ist. Riesenwellen, die den Ozean haben tosen lassen, krabbeln tausende Kilometer entfernt, mit Schaumkrönchen geschmückt, weiße Sandstrände entlang, während andererseits ein kaum wahrnehmbarer Anstoß sich über sanftes Hin und Her zur turmhohen Woge verwandelt, die Städte und Länder verwüstet.

Fünf Monate nachdem Herr Yamashiro nach Japan zurückgekehrt war, entzündete Ernst erstmals Holzwolle und Späne auf dem vertieften Platz unmittelbar vor der unteren Öffnung seines Ofens. Eine Woche zuvor hatte die Staatsführung der DDR die innerdeutschen Grenzen versehentlich für durchlässig erklärt. Im Osten wuchsen allerhand Hoffnungen, während im Westen Überschwang und Skepsis einander abwechselten. So oder so änderte sich nichts an der Tatsache, daß der Winter näherrückte.

»Vor dem ersten Frost muß der Ofen einmal gebrannt werden, damit er durch und durch trocken ist«, hatte Nakata Seiji am Telephon gesagt, »denn wenn Wasser in den Poren gefriert, kann es sein, daß die Schamottsteine erodieren, und dann fällt der ganze Bau eines Tages scheinbar grundlos in sich zusammen, womöglich während du gerade draufstehst, um eine glühende Chawan herauszuziehen.«

Ernst hatte während der vergangenen Monate jedes Mal, wenn Nakata Seiji am Apparat gewesen war, auf diese Ermahnung gewartet und zugleich gehofft, daß sie ausbleiben würde. Die Vorstellung, erstmals ganz allein einen Ofen zu feuern, dessen Verhaltensweisen niemand kannte und von dem er lediglich wußte, daß er schwierig sein würde, hatte ihn nachhaltig beunruhigt. Dabei waren es weniger die technischen Schwierigkeiten gewesen, vor denen er sich gefürchtet hatte, als die noch immer unberechenbaren Kräfte der vier Elemente Feuer, Erde, Luft und Wasser, die beim Brand aufeinander losgelassen wurden.

»Und wie hoch soll er steigen?«

»Neunhundert Grad.«

»Kann ich das?«

»Bei wie vielen Bränden warst du dabei?«

»Sieben, wenn ich mich nicht täusche… Oder nein – acht: sieben bei Herrn Furukawa, einer bei euch. Die während der Lehrzeit bei Herrn Wessels nicht mitgerechnet, obwohl das ja auch ein Anagama war.«

»Im großen und ganzen machst du alles so, wie du es gelernt hast. Ein paar Dinge sind anders, weil der Ofen leer ist, also weder Gefäße noch Brennkapseln den Durchzug bremsen beziehungsweise Hitze speichern. Die Temperatur steigt also anfangs schneller, als du es gewohnt bist, aber da die Hitze nicht zurückbehalten wird, wirst du es trotzdem kaum über tausend Grad schaffen.«

»Gibt es etwas, worauf ich besonders achten sollte?«

»Du mußt vorher die Abzugslöcher verkleinern und den Seiteneingang gründlich verputzen, damit möglichst wenig Wärme entweicht.«

»Sonst?«

»Du solltest es bald machen.« –

Unmittelbar im Anschluß an dieses Gespräch hatte Ernst seine Notizen und Photos aus der Zeit bei Herrn Furukawa hervorgeholt und versucht, sich möglichst genau an möglichst viele Details der Riten zu erinnern, die dort entsprechend den Überlieferungen der Vorzeit zur Stärkung und Zähmung des Feuers vollzogen worden waren:

Im Gebälk seitlich des Ofens hatten, ähnlich wie an Shinto-Schreinen, drei Glocken gehangen, von denen ein dickes Hanfseil bis auf Kopfhöhe herunterreichte. Ehe das Feuer entzündet worden war, hatte Herr Furukawa drei Schälchen als Gabe für den Geist auf den höchsten Punkt des Ofens gestellt – eines gefüllt mit Salz, das nächste mit Reis, das dritte mit Sake. Anschließend waren die Glocken geläutet worden, um dem Hüter des Ofens anzukündigen, daß die Zeit der Untätigkeit nunmehr zu Ende ging. Danach hatte Herr Furukawa eine Weile bewegungslos nach innen gekehrt vor der Feuerklappe verharrt, bis eine schwer greifbare Spannung unter dem Dach entstanden war. Aus dieser Spannung heraus hatte er laut in die Hände geklatscht, dreimal, und sich anschließend jeweils mit aufeinandergelegten Handflächen verneigt. Auf diese

Weise war er ebenso vorsichtig wie entschlossen mit dem Geist in Verbindung getreten und hatte ihn um Unterstützung für den Brand gebeten.

Ernst wußte nicht, ob an Nakata Seijis Ofen ähnliche Riten üblich gewesen waren. Dort hatte das Feuer bereits gebrannt, als er seinerzeit hinzugekommen war, entweder weil Nakata Seiji derartige Praktiken ihm gegenüber peinlich gewesen wären oder weil er sie fernab der eigenwilligen Geisterwelt Japans für überflüssig hielt.

Ernst hatte keinen Zweifel an der Notwendigkeit gehabt, die entsprechenden Vorkehrungen auch in Rensen zu treffen, zumal er, seit der Ton Ito Hidetoshis im Ofen vergraben worden war, den Eindruck hatte, daß eine Verschiebung von Energieströmungen und Kräfteverhältnissen auf dem gesamten Gelände stattfand. In einer Trödelhalle nahe Lübeck hatte er eine Glocke gekauft – keine zum Aufhängen, sondern ein altes Stück aus Messing mit drei Einzelschellen unterschiedlicher Größe, wie es die Katholiken bei der Messe verwendeten. Nakata Masami war so freundlich gewesen, ihm zu verschiedenen getrockneten Algenarten, eingelegten Salzpflaumen und Tee, japanisches Räucherwerk ins Päckchen zu packen – zufällig oder als Fingerzeig –, so daß Ernst notfalls auch einen der anspruchsvollen japanischen Geister zufriedenzustellen hoffte.

Natürlich war er sich der Tatsache bewußt, daß all diese Dinge auf einen Europäer befremdlich gewirkt hätten, deshalb hatte er niemandem von dem bevorstehenden Leerbrand erzählt. Wie es ihm von Nakata Seiji aufgetragen worden war, hatte er die Abzugslöcher, die von der Brennkammer in den für alle Zeiten verschlossenen Geheimraum dahinter führten, deutlich verkleinert und den seitlichen Eingang mit eigens zu diesem Zweck zurückbehaltenen Steinen vermauert. Da seine Holzvorräte, die er den Sommer über aus ganzen Kiefern- und Buchenstämmen gesägt, gespalten und beidseitig des Ofens zu Wänden bis unters Dach aufgeschichtet hatte, noch zu frisch waren, hatte er zusätzlich zehn Kubikmeter abgelagertes Holz gekauft, um bestmögliche Voraussetzungen für ein gutes Feuer zu schaffen.

Nakata Seiji war davon ausgegangen, daß Ernst etwa zwanzig Stunden benötigen würde, um die neunhundert Grad zu erreichen. Obwohl und weil Ernst beträchtliche Sorgen an seinem eigenen Durchhaltevermögen plagten, war er um vier Uhr in der Frühe aufgestanden und hatte zwei Einheiten Zazen auf dem Platz vor dem Ofen gesessen.

Als er sich erhob, regnete es. Das Thermometer zeigte sieben Grad. Nachdem er einige Schritte auf und ab gegangen war und seine Füße wieder spürte, bereitete er in der Küche die Schälchen mit den Opfergaben vor. Statt Sake, der im Umkreis von fünfzig Kilometern nicht zu bekommen gewesen war, hatte er sich für einen Hausbrand aus Williamsbirnen entschieden, den Herta Mölders besorgt hatte. Dieser Schnaps war von Herrn Yamashiro mit Begeisterung getrunken worden, und so nahm Ernst an, daß er auch die Stimmung des Ofengeistes positiv beeinflussen würde. Wie es bei Herrn Furukawa üblich gewesen war, brachte er die Gaben auf der höchsten Stelle des Ofenrückens dar. Dann

213

holte er ein großes Bauernbrot samt Messer, ein Stück Butter, Möhren und Äpfel und plazierte sie seitlich im Regal seines Stehpults, dazu einen Kanister Wasser, grünen Tee, das Kännchen und den Kocher. Die nächsten zwanzig Stunden mußte er hier draußen weitgehend autark sein. Auf dem Pult plazierte er gespitzte Bleistifte und Millimeterpapier für die Aufzeichnung des Temperaturverlaufs. Anschließend zündete er bei der geöffneten Einwurfluke das Räucherwerk an. Natürliche Luftbewegungen wehten dünne Fäden Sandelduft direkt in die Brennkammer. Er nahm die Schelle, läutete beherzt, hoffte kurz und inständig, daß kein Nachbar sich bemüßigt fühlte, nach dem Ursprung des Läutens zu schauen, und verneigte sich tief. Da er nicht wußte, mit welchen inwendig gesprochenen Worten man einen Ofengeist um Unterstützung bat, entschied er sich für die allerhöflichsten japanischen Wendungen, wie er sie benutzt hatte, wenn er bei Herrn Furukawa nach mehrfachen vorauseilenden Entschuldigungen einen eigentlich nicht erfüllbaren Sonderwunsch vorgebracht hatte.

Eine Formation Gänse zog in großer Höhe schreiend über ihn hinweg, doch er verbot sich, sie als Vorzeichen in dieser oder jener Richtung zu deuten. Nach fünf Schritten rückwärts und weiteren Verbeugungen stand er vor der Werkstattwand und sammelte sich. Die rituellen Vorkehrungen waren abgeschlossen. Im Osten hellte der Horizont sich auf, kurze Zeit später färbten sich die Wolken purpurn, ein Streifen klaren Morgenlichts brach durch. Ernst schaltete den elektronischen Temperaturfühler ein, der in der Mitte des Ofenrückens eingelassen war. Die Digital-

anzeige wies zehn Grad aus. Offenbar war es im Innern
des Ofens geringfügig wärmer als außerhalb. Er schloß die
Augen, sandte noch einmal eine Bitte an alle wohlmeinen-
den Mächte zwischen Himmel und Erde, dann zog er wiederum die Streichholzpackung aus der Tasche seiner dicken
japanischen Überjacke, ging beherzt vor dem kleinen Hügel
aus Holzwolle und Hobelspänen auf die Knie, entzündete
ein Streichholz und legte ebenso zügig wie konzentriert von
hinten nach vorn, von links nach rechts Feuer. Er packte
Reisig und Kiefernspleißen hinzu, fächelte mit einem Kar-
tondeckel Luft, bis die Flammen höher schlugen. Nach einer Weile begannen sie, sich zu festigen. Bald hatten sie genug Kraft, schmalere Scheite zu erfassen. Eine knappe halbe
Stunde später brannte ein stabiles kleines Feuer gut dreißig
Zentimeter vor der Aschekastenöffnung. Ernst begann vorsichtig, es mit Hilfe eines breiten, langstieligen Eisenschie-
bers Stück für Stück in Richtung der Öffnung zu bewegen,
während er zugleich den Buchenholzanteil vergrößerte, um
die Basis für eine nachhaltige Glut zu schaffen.

Über den Feldern zur See hin war die Wolkendecke an
vielen Stellen zerrissen, dahinter zeigten sich Fenster aus
unterkühltem Blau. Der Wind hatte zugenommen, doch
Ernst fror nicht mehr.

Das Feuer erreichte seinen Platz in der Mitte des Asche-
kastens. Im Inneren des Ofens herrschte bereits eine Temperatur von gut achtzig Grad. Die Buchenscheite glühten
tiefrot unter weißlich flatternden Schuppen, es prasselte,
knisterte, knackte, ab und zu ertönte ein Knall, wenn ein in
sich verwachsenes Stück unter der Hitze zerriß.

Gegen halb eins entschied Ernst, daß es an der Zeit wäre, mit dem Verfeuern von Kiefer durch die obere Klappe zu beginnen. Er verringerte den Durchzug unten, indem er die Öffnung mit Hilfe einer schräggestellten Schamottplatte verkleinerte, rechts und links davon weitere Buchenscheite waagerecht bis in die Glut hineinschob, damit die einströmende Luft möglichst früh erwärmt wurde. Die Temperatur stieg nach wie vor weder zu schnell noch zu langsam. Alle drei bis fünf Minuten warf er fünf bis sieben Scheite nach. Anfangs trat er nach jedem Werfen aus der Halle und begutachtete die Rauchentwicklung über dem Schornstein. Es beunruhigte ihn ebenso, wenn es zu kümmerlich wie wenn es zu stark qualmte. Zwar hatte er eine vorläufige Genehmigung der Gewerbeaufsicht, dennoch konnten Nachbarn, die nicht wußten, was er dort tat, oder insgeheim dagegen waren, daß es seine Werkstatt in Rensen gab, Polizei oder Feuerwehr rufen, oder Ortsfremde, die mit dem Wagen am Haus vorbeifuhren und dachten, es brenne, tätigten von der nächsten Telephonzelle einen Notruf, wenige Minute später rückte der Löschzug an, und er hätte größte Mühe, den Brandmeister davon zu überzeugen, den Ofen nicht zu fluten. Dabei bewegte er sich ohnehin an der unteren Grenze der nötigen Feuerungsintensität. Wenn Herr Furukawa oder Nakata Seiji ihre Öfen brannten, breiteten sich dicke schwarze Wolken vom Werkstattgelände in die Straßen aus, und im ganzen Viertel roch es nach verbranntem Kiefernharz.

Um zwei hatte er eine Temperatur von fünfhundertfünfzig Grad erreicht. Er schnitt sich einige Scheiben Brot ab, bestrich sie mit Butter und aß. Auch währenddessen warf er alle drei bis fünf Minuten nach. Er setzte Wasser auf, brachte es zum Kochen, ließ es abkühlen, übergoß Tee, trank. Längst hörte er kaum noch etwas von den Stimmen in seinem Kopf, die ihn zur Vorsicht mahnen oder ihm Mut zureden wollten, er wurde Teil des Ofens, etwas wie dessen lebendige Herz-Lungen-Maschine, die den geheimnisvollen Organismus immer tiefer durchatmen ließ, mit dem Unterschied, daß die Luft aus Holz und das Blut aus Feuer bestand.

Gegen vier am Nachmittag – alles verlief nach Plan und beinahe begann er, etwas wie verhaltene Sicherheit zu gewinnen – rief eine satte Männerstimme von der Straße her: »Hallo – was machen Sie denn da?«

Ernst erschrak, da er im ersten Moment jemanden von einer weiteren Behörde befürchtete, die er fahrlässigerweise nicht informiert hatte.

»Dürfen wir mal gucken?«

Er sah einen Mann, der, ohne eine Einladung abzuwarten, mit mühsamen Schritten auf ihn zustapfte, teils weil eine kleine asiatisch aussehende Frau versuchte, ihn zurückzuhalten, teils wegen seines beträchtlichen Körpergewichts.

»Die Wirtin von der Kneipe hat uns gesagt, daß Sie mit Japan zu tun haben, und da meine Frau Japanerin ist, dachten wir, wir schauen einfach mal rein.«

»Entschuldigen Sie«, sagte die Frau unter zahlreichen Verbeugungen in fast akzentfreiem Deutsch, »wir kommen bestimmt ganz ungelegen...«

»Ich bin ein bißchen beschäftigt heute«, sagte Ernst

und staunte einen Moment über den Klang seiner eigenen Stimme nach all den Stunden, in denen erst niemand und dann nur das Feuer gesprochen hatte.

»Ich habe es dir doch gesagt«, zischte sie.

»Lassen Sie sich von uns nicht stören«, sagte der Mann, während Ernst die Klappe öffnete und Holz einwarf, »Hanjo Molnar, mein Name. Wir haben ein kleines, oder sagen wir: mittelständisches Unternehmen nicht weit von hier. Medizintechnik. Muß Sie nicht interessieren... Aber auch eine große Liebe zu allem Japanischen. Insofern. Und wir sammeln Keramik.«

Ernst fragte sich, ob das sonderbare Paar den karmischen Räumen der Versuchung, der Sündenstrafen oder den Kammern der Geschenke entstammte.

»Er brennt den Ofen«, stellte die Frau fest. »Dann melden wir uns vielleicht in zwei Wochen wieder und schauen die fertigen Stücke an.«

»Laß doch mal«, sagte Hanjo Molnar. »So einen Brand hatte ich immer schon mal miterleben wollen. Und der junge Mann wirkt doch nicht, als ob wir ihm Streß machen würden.«

»Der Ofen ist leer«, sagte Ernst. »Was die Keramiken anlangt, werden Sie sich leider noch ein wenig gedulden müssen. Ich denke, in fünf Monaten wird es die ersten Stücke geben.«

»Die Wirtin sagte schon: Sie sind ziemlich neu hier.«

»Knapp zehn Monate jetzt.«

»Aber vorher waren Sie lange in Japan?«

»Genau. In Echizen.«

»Bei Meister Kondo Izaemon?«

»Nein. Ich bin bei Meister Furukawa Tokuro gewesen.«

»Aber das sieht wie ein sehr guter Ofen aus.«

»Den Ofen hat ein japanischer Meister gebaut, Yamashiro Tatsuo, der auch für die Holzbrand-Öfen von Ito Hidetoshi zuständig war. Den kennen Sie sicher, wenn Sie sich für Keramik interessieren.«

»Oh, natürlich, Ito Hidetoshi«, sagte die Frau, und ihre Stimme vibrierte vor Ehrfurcht, als sie den Namen aussprach.

»Der Ofen wird heute eingebrannt.«

Sie schlug die Hände vor dem Mund zusammen, sah Ernst erschrocken an. Im nächsten Augenblick verwandelte sich der Schrecken in Entschlossenheit. Sie griff erneut die Hand ihres Mannes und sagte – diesmal auf eine Art, die keinen Widerspruch duldete: »Hanjo, wir stören hier. Und es ist nicht gut, wenn wir bleiben. Das verstehst du vielleicht nicht, aber es ist so. Wir kommen wieder, wenn er fertig ist. Nächste Woche, da hat er bestimmt Zeit, und wir können uns in Ruhe mit ihm unterhalten.«

Offenbar sah Hanjo ein, daß es besser war, keinen Streit anzufangen: »So machen wir das«, sagte er. »Ende nächster Woche, wenn es Ihnen recht ist.«

»Sehr gerne«, sagte Ernst.

»Vielleicht haben Sie dann auch mal Lust, sich unsere Sammlung anzusehen. Es gibt ja nicht viele hier in der Gegend, die sich dafür interessieren.«

»Das wäre mir eine große Freude.«

Während des Gesprächs war es dunkel geworden. Ernst

hatte die Lampe über seinem Pult eingeschaltet. Nach dem Auftritt des sonderbaren Paares erschienen ihm die Stimmen des Feuers, sein Auflodern und Nachlassen noch lauter und unausweichlicher als zuvor. Wie Nakata Seiji angekündigt hatte, stieg die Temperatur inzwischen deutlich langsamer, sie lag jetzt bei sechshundertvierzig Grad. Er betrachtete die Kurve auf dem Papier und ging davon aus, daß alles so verlief, wie es verlaufen sollte, warf Holz nach, kochte Tee, warf wieder nach, trank etwas, setzte sich auf den Stuhl, schaute den Flammen zu, die aus den Hifuki wehten, schwächer wurden, horchte auf das Knistern, versuchte, sich selbst dem Takt des Ofens anzugleichen, Teil davon zu werden, ihn zum Auf und Ab seines Atmens, dem Vor und Zurück seiner Schritte zu machen. Das Licht des Feuers, wenn er die Klappe öffnete, war satt orange. Mit der Zeit – längst waren Minuten, Stunden, ihr Kommen und Gehen nicht mehr greifbar, zerfiel der gleichbleibende Rhythmus des Öffnens, Nachwerfens, Zurücktretens, Wartens in eine Folge von Geräuschen, Bewegungsabläufen, Gedankenmustern. Er versuchte, seine Aufmerksamkeit mit jedem Mal weiter zu schärfen, gleichzeitig auf alle Aspekte zu achten, damit ihm keine noch so leise Veränderung entging und er jenseits des Denkens mit unerschütterlicher Sicherheit sogleich die Antwort fände, was als nächstes zu tun wäre. Das Immergleiche nahm beängstigende Dimensionen an, zugleich schienen sich andere, unausdeutbare Hinweise, Stimmen, Nuancen einzuschleichen, die er nie zuvor gesehen, gehört, verspürt hatte. Seine Augen reagierten zunehmend unberechenbar auf den Kontrast zwischen dem anwachsenden Licht im Innern des Ofens und dem undurchdringlichen Schwarz des endlosen Nachtraums um ihn herum, der bis an die Grenzen des Alls reichte. Manche Flammenzungen schimmerten in Farben, die er nie zuvor wahrgenommen hatte, giftige Violetts und beißende Grünschattierungen, gelbgerändert, blaugerändert, fiebrig wie Magenta. Sobald er die Klappe schloß, schienen sie sich fortzusetzen auf den Wänden aus geschichteten Scheiten, dem gestampften Boden, auf dem er stand und für Augenblicke die Orientierung, das Gleichgewicht verlor, schwankte, auf den Stuhl fiel, dasaß und das, was sich in ihm öffnete, kaum mehr von dem unterscheiden konnte, was sich außen verschloß. Die Müdigkeit erreichte gefährliche Stadien, aus denen Bewegungen wie schlafwandelnd hervortraten. Panikanfälle, Entsetzen, die Vision, wie alles auseinanderbrach, die Flammen ins Gebälk schlügen, binnen Minuten alles vernichtet hätten, während er mit geschlossenen Lidern, gelähmten Gliedmaßen zusah, einen Scheit, der Feuer gefangen hätte, in der verkrampften Hand, und selbst nur noch Teil der allumfassenden Vernichtung wäre, aus der nichts von den Mächten des Lichtes und der Dunkelheit geläutert hervorginge.

Aus dem Abend war längst Nacht geworden, die Temperatur näherte sich den siebenhundertfünfzig Grad. Immer öfter spürte er, sobald er saß, seinen Kopf auf das Kinn fallen, ahnte, daß er träumte, was er sah, während seine Lider in Wirklichkeit geschlossen waren. Er hörte ferne Stimmen von Nachtvögeln, die jemandes Tod ankündigten, fürchtete sich und fürchtete sich nicht vor den gezackten Umrißlinien der lodernden Flammen, den roten Dioden der Temperaturanzeige, die mehr und mehr zur Maßeinheit seines Scheiterns wurden. Irgendwo im Westen schlugen Glocken Mitternacht, rissen ihn kurz heraus aus sich selbst in den Untergründen zwischen äußerster Wachheit und dem Schlaf des Vergessens. Siebenhundertachtzig stand da in roten senkrechten und waagerechten Balken, sie sprangen auf siebenhunderteinundachtzig, -zweiundachtzig, -dreiundachtzig. Zehn Minuten später waren sie auf siebenhundertachtundsiebzig zurückgefallen. Er rechnete Stunden nach, folgte Verlaufskurven auf dem Millimeterpapier, bildete ihr Gegenbild in Gedankenfiguren ab. Wenn die Temperatur nicht bald wieder stieg, würde er die neunhundert Grad bis zum Morgen nicht schaffen, vielleicht überhaupt niemals schaffen, so er denn selbst als äußerer Wille des Ofens, als ein Nichts und ein Niemand im Dienst des Feuers – aller Feuer seit Anbeginn – den Morgen erreichte. Er entschied sich erneut, wenn es überhaupt eine Entscheidung war, schneller nachzuwerfen, nahm zwei Scheite pro Wurf mehr, sah sich zwischen Holzstößen und Ofen hin und her rennen, bis ans Ende der Tage in einem irren Spiel gefangen, Hase und Igel im Feuer, bis er tot umfiele, zu Aschestaub würde. Hielt inne, besann sich, setzte Wasser auf, gab vier gehäufte Löffel Tee in das Kännchen für einen einzigen Becher, die Siebe verstopften, ein dickes samtiges Gebräu tropfte aus der Tülle, bitter und süß wie die Wasser der tödlichen Flüsse am Ende der Zeiten. Die Schleimhäute im Mundraum zogen sich zusammen, sobald sie damit in Berührung kamen, Übelkeit flutete den Magen. Immerhin sah er jetzt wieder mit eigenen Augen, hörte das, was er hörte, faßte Mut, Entschlossenheit, begriff endgültig, daß er nicht mehr und nicht weniger als der Diener dieses Ofens war, entschied sich zu gehorchen, fand im Gehorsam zur Ruhe zurück, während die Temperatur langsam wieder stieg, zäh, unter äußerstem Widerstand. Mit jedem Blick ins Feuer versuchte er *sein* Gesicht in den Flammen zu erkennen, in den wilden Zügen zu lesen, was zu tun *er* oder *es* von ihm verlangte, näherte sich, zwei Schritte vor, einer zurück, der Achthundertzwanzig, spürte seine Arme, seine Hände kaum mehr, blieb immer öfter stehen in den Zwischenpausen, weil er Angst hatte, nicht wieder auf die Beine zu kommen, wenn er erst säße. In den Flammen taten sich Welten auf und stürzten in sich zusammen, ohne daß er begriffen hätte, was sie bedeuteten, falls sie eine Bedeutung hatten. Längst glaubte er nicht mehr, daß er das Ziel erreichen konnte, dachte daran, Nakata Seiji anzurufen – in Japan hatte der neue Tag längst begonnen. Er konnte ihn fragen, ob es Fehler gab, die er bei der Vorbereitung vielleicht gemacht hatte, und wie sie sich korrigieren ließen. Zweifelte, daß es richtig wäre, zumal er den Anruf mit einem Temperatursturz von mindestens zehn wenn nicht zwanzig Grad bezahlen würde. Der trotz allem inzwischen gefestigte Gleichklang zwischen ihm und dem Ofen würde auseinanderbrechen. Niemand wußte, ob die Kräfte im Innern nach einem solchen Eingeständnis des Scheiterns, der Schwäche je wieder Respekt vor ihm haben würden. Wahrscheinlich würde Nakata Seiji toben, wenn er erführe, daß er kurz vor dem Ende des ersten Brandes das Feuer sich selbst überlassen hätte. Er warf jetzt elf, manchmal zwölf Scheite ein. Das Licht im Innern wurde hellgelb, er sah Gesichter in den Flammen, die keine Gesichter waren, obwohl er nichts so sehr erhoffte wie ein Gesicht. Das Thermometer zeigte achthundertzweiunddreißig Grad. Vor einer halben Stunde hatte es schon einmal bei achthundertfünfundvierzig gestanden. Es war zwei Uhr, als ihm etwas die Kehle zuschnürte wie Mörderhände. Er stand mit einem dicken Scheit in der Hand vor dem Ofen, mußte umkehren, schwankte zum Stuhl, sackte in die Knie, und plötzlich, während er dort mehr hing als saß, war er sicher, das Lachen Ito Hidetoshis unter dem Wummern des Ofens zu hören, anders als er es sich vorgestellt hatte – fast keckernd. Es war eine Aufforderung mitzulachen. Doch selbst wenn ihm nach Gelächter zumute gewesen wäre, hätte er nicht mehr die Kraft dazu gehabt. Einen Moment später war alles rings um ihn herum still wie der Tod, und er wußte ohne den Hauch eines Zweifels, daß es für diesmal genug war.